Der weise Mann im Sturm
bittet Gott nicht um die Erlösung aus der Gefahr;
sondern um die Erlösung von der Furcht.
Es ist der Sturm im Inneren, der ihn bedroht,
nicht der Sturm um ihn herum.

- Ralph Waldo Emerson -

Andreas Gloge

Der kalte Traum von Thyran Bàr

Bibliografische Information der Deutschen
Nationalbibliothek: Die Deutsche Nationalbibliothek
verzeichnet diese Publikation in der Deutschen
Nationalbibliografie; detaillierte bibliografische Daten
sind im Internet über http://dnb.dnb.de abrufbar.

3. überarbeitete Auflage
© 2016 Andreas Gloge

Covergestaltung: Jens Fischer

Herstellung und Verlag: BoD – Books on Demand,
Norderstedt

ISBN: 978-3833444852

I

THYRAN BÀR

EINS

Den Boten des Unheils hatte Gwen bereits ausgemacht, noch bevor an jenem Abend das Klopfzeichen an der Haustür ertönte.

Sie und Rufus saßen in den von Motten angefressenen Ohrensesseln vor dem Kaminfeuer. Spät war es geworden. Rufus nahm keine Notiz von seiner Umwelt. Das schüttere Haar fiel ihm über die Stirn, aber es störte ihn nicht. Er war mit einer neuen Schnitzerei beschäftigt.

Gwen musterte ihn aus den Augenwinkeln, während sie vorgab, ihre Aufmerksamkeit auf das Flicken einer kaputten Hose gerichtet zu haben. Ihre Füße steckten in Wollsocken und waren den wärmenden Flammen entgegengestreckt.

Es war einer dieser seltenen Momente im Leben, in denen plötzlich etwas geschah, was niemand erwarten konnte. Im Bruchteil eines Augenblicks offenbarte sich Gwen das Geheimnis ihrer eigenen, zerbrechlichen Sterblichkeit. Für diesen einen Moment erstarrte die Welt um Gwen herum, und die Eiskristalle an der dunklen Fensterscheibe zur Nacht hinaus begannen in den Farben des Regenbogens aufzuleuchten. Für diesen einen Moment veränderte sich das Knistern und Knacken der brennenden Holzscheite in einen Choral aus den Stimmen all der Verblichenen und Verlorenen, die ihr niemals ihre Namen genannt hatten. Und in diesem winzigen Bruchteil, aus dem gewaltigen Mosaik der Zeit herausgerissen, begriff Gwen, wie schnell ihre Jahre an Rufus Seite vergangen waren, wie rasch das Alter

Besitz von ihnen ergriffen hatte, und dass die letzte große Aufgabe für sie darin bestand, diese besondere Liebe und Nähe zu bewahren.

Sie wurde erfüllt von einer derartigen Dankbarkeit, dass es ihr die Kehle zuschnürte. Dann war er fort, der Moment. Vergangen, so geschwind, wie er zuvor über die alte Frau gekommen war.

Gwen atmete tief durch. Sie legte die Nähnadel auf ihrem Knie ab, und ihr Blick wanderte von Rufus über den Kamin, entlang am Regal mit all seinen wundersamen Schnitzereien, hin zum Fenster.

Und dort sah sie ihn.

Den Boten des Unheils.

Ein schwarzer Schemen, der draußen auf dem verschneiten Fenstersims kauerte und zu ihnen hinein starrte in die unerreichbare Wärme ihres Wohnzimmers. Gwen hielt die Luft an. Dann, so als ob das Tier gespürt hatte, was die alte Frau in ihrem verstaubten Ohrensessel empfand, huschte die Katze mit einem Satz hinfort in die Nacht.

Dort, an der Scheibe, wo Eiskristalle sich zu einem mannigfaltigen Muster zusammengefunden hatten, blieb eine kaum erkennbare Stelle zurück, an der sich winzige Wassertropfen bilden.

Gwen schloss die Augen und betete...

Wenig später, kaum dass sich Rufus mit einem Ächzen aus seinem Sessel erhoben hatte, um ins Bett zu gehen, ertönte das Klopfzeichen an der Tür. Gwen und er wechselten einen wissenden Blick. Es war klar gewesen, dass dieser Moment irgendwann kommen würde.

Die alte Frau stand auf und ging, statt zur Tür, mit ruhigen Schritten zum Fenster. Draußen war es finstere Nacht. Der Schnee bedeckte wie immer die

Dächer der gegenüberliegenden Hütten. Auch die schmale Holzbank in ihrem Vorgarten war unter einem weißen Kleid begraben. Gwen erkannte die feinen Spuren von Tierpfoten.

„Siehst du es auch?", fragte Rufus. Seine Stimme klang brüchig.

Für eine Weile blieb sie ihm die Antwort schuldig. Das Knistern im Kamin und das Klopfen ihrer Herzen war alles, was den Raum erfüllte. Dann drehte sich Gwen zu ihrem geliebten Mann um, und der sorgenvolle Blick ihrer Augen nahm ihre Antwort vorweg.

„Es hat wieder zu schneien begonnen."

ZWEI

Es lag ein sanfter Zauber auf ihren geschlossenen Lidern.

Das war das Erste, was das Mädchen spürte, als die Gefühle in ihren Körper zurückkehrten. Sie wagte nicht, die Augen zu öffnen, aus Angst, den zarten, feuchten Bann zu brechen. Aber dann spürte sie die Kälte auf ihren Armen, ihren Beinen, fühlte, wie sich ihre Kleidung mit kalter Nässe voll sog.

Aurora schlug die Augen auf.

Die eisigen Kristalle auf ihren Wimpern zerschmolzen bei der Bewegung und hinterließen ein wohliges Kribbeln. Aber der dichte Schnee auf ihrem Kleid und auf ihrer Haut war weniger angenehm.

Sie fand sich auf einem einsamen Marktplatz wieder. Fensterläden und Türen der ärmlich wirkenden Hütten ringsum waren geschlossen. Nur hier und dort drang vereinzelt matter Lichtschein durch Spalten und Holzwurmlöcher hinaus in die Nacht.

Sie war allein hier draußen.

Das einzige Geräusch war ihr eigener, schwerer Atem. Und wohin ihr Auge im silbrigen Schimmer eines nicht zu erkennenden Mondes auch blickte, überall war der Schnee. Er bedeckte alles, die Dächer, die Treppen, die Bänke, die abgedeckten Stände, die Erde. Friedlich, sanft und unvorstellbar rein schimmerte das Weiß durch die Dunkelheit der Nacht bis tief hinein in ihren Geist.

Die letzten Schneeflocken sanken in einem trichterförmigen Strudel auf sie hinab. Aurora öffnete vorsichtig ihre Hand, und die Flocken vergingen lautlos auf ihren geröteten Fingerkuppen.

Sie klopfte sich den Schnee von Umhang und Kleid, als zwei Schatten aus einer schmalen Gasse traten. Ein Mann an einem Stock, und eine Frau. Das Mädchen schüttelte sich die letzten Schneeflocken aus dem Haar und sah, dass die beiden geradewegs auf sie zuhielten. Sie waren alt und ihre Kleidung auch.

„Da bist du ja. Komm, wir bringen dich nach Hause", sagte die Frau mit leiser aber fester Stimme.

Josua, dachte Aurora.

„Josua", hauchte sie.

Aber sie wusste nicht, was dieses Wort zu bedeuten hatte.

Die alte Frau wischte sich eine feuchte, graue Strähne ihres ansonsten weißen Haares von der Stirn. Der Mann trat einen Schritt auf Aurora zu. Sich auf seinen Stock stützend, bot er ihr den anderen Arm zum Einhaken an. „Komm."

Als die drei in die schmale Gasse einbogen und Aurora sich ein letztes Mal umschaute, da fiel ihr Blick auf die hohe, mächtige Statue im Zentrum des Platzes. Sie hätte schwören können, just in diesem Augenblick, von irgendwo aus der Dunkelheit, den fernen Schrei einer Katze zu vernehmen. Wie eine Warnung...

DREI

Gwen machte ihr das Bett zurecht und goss warmes Wasser in eine Schale aus zartbraunem Holz.

„Für deine eisigen Füße", sagte die alte Frau und schob die dampfende Schale näher an das Bett heran.

Aurora saß in einem Nachthemd auf der Bettkante. Als sie ihre Füße in das erhitzte Wasser tauchte, ergriff ein starkes Gefühl der Dankbarkeit von ihr Besitz.

Gwen hatte sich eine Wolldecke über die Schultern geschlagen und nahm auf einem Schaukelstuhl, an der Wand gegenüber, Platz. Auf einer Kommode neben ihr brannte die Flamme einer Wachskerze. Die alte Frau sagte kein Wort, doch als Aurora wenig später ihre Füße aus dem Wasser zog, sie an einem Tuch aus Leinen trocknete und dann unter die Bettecke huschte, wanderte Gwens Blick stets mit.

Dann erschien Rufus im Türrahmen des kleinen Zimmers. Nach kurzem Zögern trat er ein und ging zum Fenster. Wortlos öffnete er es einen Spalt, zog die äußeren Holzläden zu und schloss das Fenster wieder.

Mit einem unsicheren Nicken sagte er Aurora Gute-Nacht, strich Gwen über ihr weißes Haar und verließ die Kammer. Knarrend schnappte die Tür ins Schloss.

„Ich gehöre nicht hierher", sagte Aurora.

„Doch. Das tust du."

Dann erlosch das Licht der Kerze, und Aurora fiel in einen unruhigen Schlaf aus seltsamen Träumen.

VIER

Dies ist nicht ihr Körper. Dies ist nicht ihre Stimme. Dies sind nicht ihre Augen. Aber es ist ihr Traum.

Sie eilt durch einen hohen Saal voller verzierter Säulen und wisperndem Staub. Die büchergefüllten Regale schrauben sich empor und verschwinden in den Schatten des riesigen Gewölbes über ihr. Studiertische, übersät mit Kerzen und Schreibutensilien, stehen in symmetrischen Mustern angeordnet. Es riecht nach Tinte und der Last vieler Jahre.

Sie verlässt die Halle, steigt geschwungene Treppen hinauf, durchquert mächtige Portale und enge, geheime Pforten. Ein tänzelndes Licht vor ihrer Stirn schenkt ihr die Richtung, dort, wo die Kraft der Augen versagt hätte.

Durch eine Tür noch. Dann den Riegel vorgeschoben. Sie ist am Ziel.

Sie hat viel zu tun, denn es sind unvorhergesehene Dinge geschehen, die nach drastischen Reaktionen verlangen. Sie schlägt die Schärpe ihres weiten Umhangs zur Seite und setzt sich. Vor ihr auf dem Tisch stehen viele kleine Flaschen, Ampullen, Töpfe. Alle verschlossen.

Sie will danach greifen, überlegt es sich aber anders.

Stattdessen zieht sie an einer geflochtenen Kordel, die von der Decke hängt. Das Warten füllt ihre Nase mit dem unverwechselbaren Geruch des kreisrunden

Raumes und seiner zahllosen, dampfenden Gefäße und Behälter.

Es klopft, ein Riegel hebt sich wie an unsichtbaren Fäden gezogen, und die Tür schwingt auf.

Sie hört sich zwei Namen rufen.

Sie sollen kommen und ihr zu Diensten sein.

Sofort.

Und zu niemandem sonst ein Wort.

Die Zeit drängt.

Die Tür schließt sich wieder, der Riegel fällt zurück.

Ihre Hand gleitet zu einem silbernen Gegenstand auf der von Hitze und Säuren verformten Tischplatte. Sie fühlt das kalte Metall auf der Haut ihrer Finger und führt den Gegenstand langsam vor ihr Gesicht. Zögernd richten sich ihre Augen auf die Reflexion im Handspiegel. Das fremde Gesicht lächelt eisig...

FÜNF

Aurora erwachte. Die Luft war kalt und rein.

Das Licht des frühen Tages leuchtete durch das offene Fenster und tauchte die Schlafkammer in ein Meer aus orangegoldenen Farben. Der Schaukelstuhl stand verlassen in der Ecke, die Tür zum Flur war nur angelehnt.

Das Mädchen schlüpfte in ihr Kleid und begab sich in die Wohnstube. Es duftete bereits nach frischem Tee und warmem Brot.

„Gut geschlafen?", begrüßte sie Rufus. Er saß an dem für drei Personen gedeckten Frühstückstisch und schnitzte an einer Figur.

„Wo bin ich hier?", fragte Aurora unsicher.

Der alte Mann zog überrascht eine Augenbraue hoch. Dann widmete er sich wieder seiner Schnitzkunst. Als Gwen mit einem Tablett in der Hand herein kam, saß Aurora schon am Tisch.

„Hier, du musst essen. Es wartet ein anstrengender und aufregender Tag auf dich", sagte die alte Frau und reichte ihr einen Korb mit geschnittenem Brot.

„Haben Sie das eben gebacken? Es riecht noch so frisch."

„Aber nein", sagte Gwen und strich sich die graue Strähne aus dem Gesicht. „Wir backen doch nicht selber. Niemand tut das. Außerdem brauchst du mich nicht zu siezen. Hier im Dorf sagen wir alle du. Außer zu den Mönchen."

Das Mädchen nahm dankend eine Scheibe Brot und legte sich ein Stück Käse darauf. Sie merkte, dass der Hunger nur darauf gelauert hatte, sich bemerkbar zu machen. Schon der erste Bissen weckte ihre Lebensgeister.

Gwen nickte freudig und setzte sich. Nach einem mahnenden Seitenblick auf Rufus, legte dieser grummelnd seine Holzfigur beiseite und schloss sich ihrem ersten gemeinsamen Frühstück an.

Nach einer Weile traute sich Aurora, ihre Frage ein zweites Mal zu stellen. „Wo bin ich? Und... wie bin ich hier hergekommen?"

Gwen schenkte ihr ein warmes Lächeln. „Ach Kind, du bist ein Flüchtling des Krieges gegen die Keruben. So wie wir alle hier, in Thyran Bàr. Die Mönche haben dich gerettet und hergebracht, und wir zwei wurden ausgewählt, uns fortan um dich zu kümmern."

„Die Keruben?"

„Es sind geflügelte Ungeheuer, die jenseits des Flusses hausen. Aber die Mönche sorgen dafür, dass diese furchtbaren Kreaturen den Fluss nicht überqueren können", erklärte Gwen, und Rufus nickte stumm.

„Ich kann mich nicht erinnern, jemals von Keruben oder den Mönchen gehört zu haben", murmelte Aurora. „Ich kann mich aber auch nicht daran erinnern, wo ich herkomme. Wie ist das möglich?"

Gwen und Rufus tauschten kurz die Blicke. Dann sprach der alte Mann: „Das wird dir nur Cryptus beantworten können, der Dorfoberste."

Gwen winkte ab. „Wenn du mit dem Frühstück fertig bist, führen wir dich durch Thyran Bàr, damit du alles kennen lernst."

Als Gwen und Rufus nach dem Essen den Tisch wieder abdeckten, widmete sich das Mädchen dem Holzregal an der Wand. Dutzende von geschnitzten Holzfiguren standen dort, ausschließlich Menschen. Kein Tier, kein geflügeltes Wesen, und nichts, was Ähnlichkeit mit einem Mönch, so wie Aurora ihn sich vorstellte, besaß. Es waren ausnahmslos gewöhnliche Menschen mit gewöhnlichen Gesichtern. Auch wenn sie diese Erkenntnis ein wenig enttäuschte, musste Aurora zugeben, dass die Figuren trotzdem wundervoll gearbeitet waren.

„Gefallen sie dir?", hörte sie Rufus hinter sich.

„Ja, sehr", sagte Aurora. „Aber schnitzt du nur Menschen? Keine Tiere oder sonstwas?"

Erneut zuckte eine Augenbraue des Alten in die Höhe. Dann verließ er ohne ein weiteres Wort den Raum.

Wenig später traten Gwen, Rufus und Aurora auf den schneebedeckten Weg vor ihrer Hütte. Es war ein kalter, windstiller Morgen, und ein eisblauer Himmel lag über den Häuserdächern. Aurora zog sich ihren Umhang fester um die Schultern. „Huuu, ganz schön kalt hier im Winter, was?"

Das Gesicht der alten Gwen legte sich in Falten. „Was meinst du damit, Kind? Es ist doch immer Winter."

SECHS

Alles im Dorf Thyran Bàr lag unter einer samtweichen Schneedecke begraben. Soweit das Auge reichte erstreckte sich das Tuch aus glitzernden Kristallen, bis hin zum dichten Kiefernwald, der sich jenseits der letzten Hütten ringförmig um die Siedlung schloss. Jetzt, bei Tageslicht, begegneten sie auch weiteren Menschen, vielen alten, kaum jungen. Nur einmal, vor einer baufälligen Hütte, sah Aurora zwei junge Männern stehen, die annährend in ihrem Alter zu sein schienen. Der eine blickte sofort verschämt zu Boden, als Aurora seine Augen suchte. Der andere, drahtig von Statur und mit blondem Lockenschopf, musterte das Mädchen abschätzend. Dann senkte auch er seinen Blick, und beide wandten sich ab.

„Wie viele Leute wohnen hier?", fragte Aurora die alte Frau an ihrer Seite.

„Das ändert sich stetig, mein Kind. Von Zeit zu Zeit bringen uns die Mönche neue Flüchtlinge, so wie dich. Aber es gibt auch Tage, da kommen sie zu uns und nehmen..."

„Gwen, wir sind da", fiel ihr Rufus ins Wort und deutete auf den weitläufigen Platz, der sich vor ihnen auftat.

„Diesen Ort kenne ich", sagte Aurora. „Hier bin ich letzte Nacht aufgewacht."

Gwen nickte.

„Warum nur kann ich mich an nichts davor erinnern", dachte Aurora, und eine dunkle Schwere legte sich auf ihre Brust.

Der Marktplatz von Thyran Bàr war anders, als das Mädchen erwartet hatte. Zwar gab es Stände, Menschen, Stimmengewirr und die verschiedensten Gerüche, aber Aurora spürte, dass sie etwas an dem Anblick störte. Ihr wollte nur nicht auf Anhieb einfallen, was es war.

In der Mitte des Platzes erhob sich, hoch und mächtig, eine steinerne Statue, deren grauer Fels nicht von einer einzigen Schneeflocke bedeckt war. Es war ein nahezu fünf Meter großes Abbild eines älteren Mannes in einer wallenden Kutte, deren Kapuze nach hinten geschlagen war. Der Mann trug einen geflochtenen Bart und streng nach hinten gekämmtes Haar. Die Arme hielt er unter dem grauen Gewand verborgen. Das Gesicht blickte hart und zielgerichtet zum Horizont. Obwohl es sich bei der Statue um eine Figur aus totem Stein handelte, streckte eine kalte Unsicherheit die Klaue nach Aurora aus, drohte sie zu packen, zu schütteln, zu unterwerfen.

In diesem Moment spürte sie warme Finger auf ihrer Haut, fühlte, wie sich eine Hand um die ihrige schloss.

Es war Gwen.

„Das ist Thyran Bàr, der Gründer dieses Dorfes. In seinen Schatten bringen die Mönche im Schutze der Nacht die Flüchtlinge. Hier legen sie auch Nahrung für uns nieder. Aus seiner Stärke gewinnen wir die Kraft für den ewigen Winter und grenzenlose Hoffnung für den andauernden Kampf gegen die Keruben."

„Kommt jetzt, ihr zwei. Sie warten bereits auf uns", grummelte Rufus, und auf seinen Stock gestützt humpelte der Alte vornweg auf eine Menschentraube zu, die sich vor einem Stand mit Tonkrügen versammelt hatte.

Aurora und Gwen folgten ihm quer über den Marktplatz. Hier sah Aurora zum ersten Mal auch kleine Kinder. Doch es gab keine prüfenden Blicke, keine Fragen, kein spürbares Interesse an ihrer Herkunft, an ihrem Schicksal. Es kam ihr vor, als hätten die Bewohner von Thyran Bàr in einem unausgesprochenen Pakt beschlossen, sie ohne Zögern als eine der ihren anzunehmen, noch bevor sie das Mädchen überhaupt kennen gelernt hatten.

Aurora wunderte sich an diesem Morgen noch viele Male und ermahnte sich zu größerer Wachsamkeit. Sie verspürte ein seltsames Misstrauen gegenüber allem Freundlichen in Thyran Bàr.

Während jedoch die Zeit verrann, und die drei Seite an Seite sämtliche Gassen und noch so entrückten Winkel des kleinen Dorfes abschritten, stets den knirschenden Schnee unter ihren Sohlen, empfand Aurora, wenn auch anfangs widerwillig, immer mehr ein Gefühl des inneren Friedens und der Gleichmut. Es nistete sich mit jeder neuen, schneebedeckten Biegung tiefer in ihr Herz, es glitzerte hinter ihren Augen wie die Eiszapfen an den Fensterläden, es legte sich auf ihren Verstand wie die letzten Flocken eines wilden Schneetreibens auf eine ihr einst vertraute Welt.

SIEBEN

Es war Abend geworden. Die Dunkelheit schlich sich vorsichtig doch unaufhaltsam unter der Türschwelle hindurch, kroch durch Ritzen, Holz und Mauerwerk. Aurora saß mit angezogenen Knien und in eine mollige Decke gehüllt in einem der verstaubten Ohrensessel. Einen dampfenden Krug Tee hielt sie mit beiden Händen fest umschlossen und so dicht vor ihr Gesicht, dass der heiße Dunst Tautropfen auf ihre Augenlider zauberte. Aber sie spürte es kaum. Ihr Blick verfing sich irgendwo im Kaminfeuer, zwischen knisternden Holzscheiten und lodernder Glut.

Mit der Zeit verloren sich Auroras Gedanken in der Stille des Zimmers.

Wo war sie hier? Wer hatte sie nach Thyran Bàr gebracht? Warum gab es im und um das Dorf herum keine Beete, keine Felder, keinen Ackerbau? Nur einen Brunnen, aus dem alle ihr Trinkwasser schöpften. Obst, Brot, Gemüse, Fleisch, alles bekamen die Menschen scheinbar von den Mönchen. Aber wer waren diese Mönche? Und wo waren sie? Aurora hatte im Laufe des Tages nicht einen von ihnen zu Gesicht bekommen. Angeblich brachten diese rätselhaften Beschützer von Thyran Bàr ihre Gaben kurz vor Einbruch jeder Morgendämmerung zum Marktplatz und stellten dort alles zu Füßen der steinernen Statue ab. Dann verschwanden sie wieder. Einfach so.

Einer der Holzscheite knackte im Feuer, und zerbrach. Auroras Blick begleiteten ihn auf seinem Pfad von Holz zu Feuer, zu Glut, zu Asche...

Einfach so, dachte sie. Wie Geister.

Aus diesem Grund gab es auch kein Feilschen auf dem Marktplatz, keine Bezahlung, keine klimpernden Münzen, die ihre Besitzer wechselten. Der Marktplatz von Thyran Bàr war nur zum gerechten Verteilen sämtlicher Waren gedacht. Auch gab es keine Berufe im eigentlichen Sinne. Es bestand kein Bedarf dafür. Die Menschen gingen einzig ihren Neigungen nach. Die Einen verteilten freiwillig Essen an den Ständen, die Anderen besserten Hütten und Häuser aus; wiederum andere stellten Kerzen aus Wachs her, dessen Ursprung vermutlich auch bei den Mönchen zu finden war. Ein jeder Dörfler beschäftigte sich auf seine Art. Fast erschien es Aurora, als würden die Einwohner von Thyran Bàr insgeheim auf etwas warten. Als ginge es ihnen in den Tiefen ihrer Herzen vor allem darum, die Zeit vergehen zu lassen, bis ..., ja bis...

„Da bist du ja, mein Kind."

Aurora blickte auf.

Gwen stand in der offenen Tür. Wie lange die Frau sie von dort beobachtet haben mochte, wusste das Mädchen nicht zu sagen. Aurora führte den Tee an ihre Lippen und trank.

„Ich habe gar keine Tiere im Dorf gesehen. Leben die alle im Wald?"

Gwens Miene verdüsterte sich schlagartig. Die alte Frau schloss die Tür zur Küche hinter sich und setzte sich in den zweiten Sessel.

„Die Tiere sind nicht, für was du sie halten magst, Aurora", sagte Gwen leise. „Wir in Thyran Bàr erkennen die Tiere als gefährliche Vorboten des Schicksals, als Zeichen bevorstehender Unglücke und nicht willkommener Ereignisse. Sicherlich, wir essen ihr Fleisch, aber es ist von den Mönchen zuvor gereinigt worden und hat keine Macht mehr über uns." Die alte Frau seufzte. „Es heißt, früher kamen die Tiere oft ins Dorf, lebten sogar hier, zwischen uns. Aber mit der Zeit spürten sie unser Unbehagen, unser Misstrauen, unsere Furcht. Sie zogen sich zurück. In den Wald. In Richtung des Flusses. Nur selten begegnet man ihnen noch, und solch ein Zusammentreffen ist immer ein Omen des Unglücks."

„Trifft das auf alle Tiere zu?"

„Ja, mein Kind. Auf alle."

„Das ist seltsam", sagte Aurora nachdenklich. „Denn ich glaube, auf unserem heutigen Rundgang durch das Dorf ist uns eine schwarze Katze gefolgt. Ich sah sie zuweilen, als sie von Dach zu Dach sprang." Aurora hielt ihren Kopf weiterhin auf das Kaminfeuer gerichtet, doch aus den Augenwinkeln schielte sie zur alten Gwen hinüber.

Die Worte hatten ihre Wirkung nicht verfehlt.

Gwens Miene war blass geworden. „Es war ein langer Tag für uns alle. Es wird Zeit, ins Bett zu gehen."

Aurora sagte nichts.

ACHT

Dies ist ihr Traum. Ihr Geist. Ihre Reise.

Aber erneut spürt sie, dass es nicht ihr Körper ist, der entlang der von Öllampen erleuchteten Flure schreitet. Sie versucht, zu denken, zu erfassen, zu begreifen, aber dies ist nur ein Traum, und in Träumen funktionieren die Gesetze der Natur anders. Alles beugt sich den Regeln des Traumes, die so nebulös sind, dass alle Grenzen und Konturen verschwimmen. Nur der hauchdünne Stoff des Traumes selbst bleibt zurück, als letzte Substanz, an die es sich zu klammern lohnt.

Sie steht in einer tunnelförmigen Kammer, deren enge Wände in bläulich glühender Dunkelheit verschwinden. Zu den Seiten hängen Wandteppiche von den Decken, zeigen Bilder und Figuren, Geschehnisse und Geschichten. Alles auf den Teppichen ist in Bewegung. Das Raunen der Zeit durchdringt diese Röhre, die von innen zu leben scheint. Dann streift ein Windzug ihr Haar, und sie merkt, dass es sich anders anfühlt auf ihren Wangen. Fremd und seltsam.

Ein Mann erscheint aus der flackernden Dunkelheit des Tunnels. Er sitzt auf einem Thron, der über den steinigen Boden schwebend immer näher kommt.

„Zephryn Kòr", hört sie sich sagen, spürt ihre Verbeugung vor dem Fremden, wundert sich über den eigentümlich tiefen Klang ihrer Stimme.

„Ich weiß, wer ich bin", antwortet der Mann auf dem Thron.

Der Klang seiner Worte erinnert sie an das Rauschen des Windes in den Blättern altehrwürdiger Eichen. Er ist in purpurne Roben gekleidet, trägt viele Schichten übereinander. Sein schneeweißes Haar wallt in langen Strähnen über die breiten Schultern. „Doch es gibt etwas, dass ich nicht weiß. Wo ist Josua?"

Ihre Lippen öffnen sich, obwohl sie ihnen nicht den Befehl dazu erteilt. „Verschwunden, mein Gebieter."

„Und der Wächter?"

Sie spürt das Herzklopfen in der Brust, den Krampf in der Kehle. Sie schluckt, will sich beruhigen, die Fassung wahren.

„Er ist tot, mein Gebieter. Ich werde Josua finden und zur Rede stellen. Er allein kennt die Antworten."

„Wen wirst du schicken?"

„Zwei Diener, die mir treu ergeben sind, mein Gebieter."

„So soll es sein. Aber sieh dich vor, da ist..." Der Mann auf dem Thron legt einen knorrigen Finger an die spröden Lippen.

„Ja, mein Gebieter?" Sie hört die Furcht in ihrer Stimme.

„Wir sind nicht allein."

„Wie meint Ihr?"

Was soll sie nur tun?

Was meint er?

Was will er?

Was *weiß* er?

„Du..., du bist nicht allein!"

Die Augen des Mannes auf dem Thron weiten sich, die dunklen Pupillen beginnen die Dunkelheit des Tunnels in sich aufzusaugen. Wie ein Wirbel beginnt die Luft zwischen ihnen zu flimmern, ihr

Herzklopfen wird zu einem Rasen. Der Druck in der Kehle presst alle Atemzüge zurück in die tiefen Höhlen der Lungen.

Alles dreht sich.

Etwas berührt sie am Gesicht.

Es ist rau, feucht...

NEUN

Aurora schreckte auf. Noch immer war es Nacht. Ihr Herz schlug wild in ihrer Brust, und das Nachthemd war vom klammen Schweiß vollkommen durchnässt.

Ein Fensterladen klapperte leise im kühlen Windzug. Von irgendwo draußen drang schwacher Lichtschimmer und reflektierte sich auf der Schicht weißen Pulverschnees, der von innen die Fensterbank bedeckte.

Dabei war sich Aurora sicher, das Fenster sowie die Fensterläden vor dem Schlafengehen fest geschlossen zu haben.

Erst jetzt fühlte sie den leichten Druck auf ihren Beinen, so als ob eine zweite Decke dort niedergelegt worden war. Sie hob den Kopf, und ein Schatten sprang vom Fußende des Bettes auf den Boden und huschte durch die Finsternis des kleinen Zimmers hinfort.

„Wer ist da?"

Statt einer Antwort vernahm sie das leise Knarren des Schaukelstuhls aus der hinteren Ecke des Raumes. Aber Gwen hatte sie diese Nacht allein gelassen, sie konnte es nicht sein.

Wer oder was war es dann?

Aurora lauschte in die Dunkelheit hinein. Das Holz des Schaukelstuhls knarrte bedächtig auf den Dielen. Dann, nach wenigen Augenblicken, verstummte es. Das Mädchen nahm all ihren Mut zusammen. Sie richtete sich vorsichtig im Bett auf und spähte angestrengt auf die Stelle, wo der Stuhl stehen müsste. Nach einer Weile glaubte sie tatsächlich, dessen Umrisse wahrzunehmen...

...aber niemand saß dort.

„Ist hier jemand?", hauchte sie in die scheinbar lebendige Nacht ihrer engen Kammer. „Josua?"

Sie wusste nicht, warum ihr erneut dieser Name in den Sinn kam. Oder zu wem er gehörte. Aber aus einem ihr unerfindlichen Grund erschien die Frage zutreffend. Und so wiederholte sie mit zitternder Stimme: „Josua, bist du es?"

Ein Rascheln aus Richtung des Stuhls. Das leise, wippende Knarren auf dem Parkett.

Dann eine samtweiche Stimme: „Du erinnerst dich?"

Aurora erstarrte.

Jemand, oder etwas, war tatsächlich hier mit ihr im Zimmer!

„Nein, nein, ich hatte nur geträumt", sagte sie zitternd.

„Ah, verstehe", kam es gedämpft und fast ein wenig enttäuscht zur Antwort.

„Bist du... Josua?"

Für einen Moment glaubte Aurora das Aufleuchten eines Augenpaares gesehen zu haben. Vor oder auf dem Schaukelstuhl.

„Mein Name ist Schadoh. Ich schleiche in den Schatten derjenigen, die mich nicht länger rufen. Ich bin die Wanderin der Nacht, die lautlose Jägerin, die aufmerksame Botin. Ich warte und beobachte, lauernd auf den Augenblick der Entscheidung. Ich bin gekommen, um dich zu warnen."

„Warnen? Wovor denn warnen?" Nur mit Mühe konnte Aurora das panische Verlangen im Zaun halten, nach Gwen oder Rufus zu rufen, nach der

Kerze und den Zündhölzern auf dem Nachttisch zu greifen, oder sich einfach die Decke über den Kopf zu ziehen, in der Hoffnung, der Spuk würde von alleine vergehen.

„Als der Schnee sich erhob und von deinem Kommen kündete, da spürte ich die Veränderung. Du bist nicht wie die anderen. Du fühlst mehr, siehst mehr, denkst mehr. Dein Schnee war unvergleichlich. Einzigartig. *Gefährlich*."

„Gefährlich?", wiederholte das Mädchen, und ihr Atem entsandte eine kleine, feuchte Wolke in das schwarze Zwielicht des Zimmers.

Der Schaukelstuhl bewegte sich langsam hin und her.

„Gefährlich für die Wächter. Sie werden kommen. Und sie werden suchen. Ich spüre es."

„Welche Wächter? Wer bist du? Wovon sprichst du? Ich verstehe kein Wort."

Ein eigentümliches Grummeln kam aus der Ecke des Raumes.

„Sie werden ihn suchen kommen. Schon bald. Höre auf dein Innerstes und nur darauf. Sonst wirst du nie den Weg zur Wahrheit finden. Ich werde dich im Auge behalten."

Die Katze befreite sich aus den Umrissen des Stuhls und war mit einem schnellen Satz auf das Bett und dann weiter auf die Fensterbank gehüpft. Sie wandte kurz ihren Kopf, und ihr aufleuchtendes Augenpaar musterte das Mädchen scharf. Dann huschte das Tier durch den offenen Spalt der Fensterläden hinaus in die eisige Nacht und war verschwunden.

ZEHN

Ein Klopfen an der Zimmertür weckte sie aus ihrem Schlaf. Das Mädchen brauchte einige Augenblicke, um zu begreifen, dass es sich weder um einen geheimnisvollen Traum noch einen weiteren nächtlichen Gast handelte.

„Aurora, mein Kind, wir haben Besuch. Bitte wasch dich und komm dann in die Wohnstube", vernahm sie Gwens Stimme durch die Tür.

Aurora tat wie ihr geheißen, wunderte sich jedoch, wer wohl zu Besuch gekommen war. Betraf es sie, oder handelte es sich nur um einen Bekannten des alten Ehepaars?

Als sie mit hungrigem Magen die Wohnstube betrat, saßen Gwen und Rufus wie immer in ihren Ohrensesseln. Jedoch hatten sie zwei weitere dazu gestellt, und alle vier bildeten nun einen Halbkreis um das scheinbar nie ersterbende Feuer im Kamin. Die heiße Glut hatte den zwei Alten ein sanftes Rot auf die Wangen gezaubert. Vor einem der Sessel dampfte ein Becher mit Tee, und auf einem Holzbrett daneben lag eine gewaltige Scheibe Brot mit Käse. Da der dritte Sessel bereits von einem fremden Mann besetzt war, ließ sich Aurora auf dem durchgesessenen Polster des vierten nieder und griff sogleich nach dem Tee. Der erste Schluck rann warm und wohlig ihre trockene Kehle hinab. Dann erst schenkte sie dem Besuch eine gründlichere Beachtung.

Es war ein älterer Mann mit gütigem Gesicht und einem kahlen Schädel, auf dem sich der Schein des Kaminfeuers widerspiegelte. Er trug eine lange, purpurne Robe aus wetterfestem Stoff. Die runzeligen Finger seiner linken Hand spielten mit einem mit Runen verzierten Stab aus Stein, der etwa so lang war wie Auroras Unterarm. Schmale, dunkle Augen musterten das Mädchen mit einem Ausdruck, den sie nicht zu deuten vermochte.

„Sage mir", ergriff der Fremde das Wort, noch ehe Gwen oder Rufus Gelegenheit hatten, ihn vorzustellen. Seine Stimme wurde begleitet von einem kehligen Rasseln. „Kenne ich dich von irgendwoher?"

„Aber Cryptus, wie soll denn das möglich sein? Sie ist ein Flüchtling", sagte Gwen.

„Du hast natürlich Recht, wie töricht von mir." Dann fügte ihr Gast mit einem breiten Lächeln hinzu: „Gestatte mir, mich vorzustellen. Mein Name ist Cryptus. Ich bin der Dorfoberste von Thyran Bàr. Ich heiße dich in unserer Gemeinschaft von Herzen willkommen. Du bist den unheilvollen Keruben entkommen, mögen dich in unseren Reihen glücklichere Zeiten erwarten."

Cryptus machte eine bedeutungsvolle Pause, um Aurora die Gelegenheit zu geben, sich ihrerseits vorzustellen. Aber das Mädchen griff lieber nach dem Brot und biss hinein. Sie fühlte sich nicht nach Plaudereien, und dass dieser Cryptus ständig diesen runenverzierten Steinstab hin und her drehte, macht sie nervös.

„Nun, wie ich sehe hast du einen starken Appetit. Das ist doch ein gutes Zeichen", schmunzelte Cryptus.

Gwen nickte freudig, und Rufus griff nach einem Stück Holz und begann, stumm an einer Figur weiter zu schnitzen.

„Wie ich hörte, haben dir Gwen und Rufus bereits unsere bescheidene Siedlung gezeigt. Sehr schön. So wirst du dich schnell zurecht finden und einleben. Doch ein paar Regeln muss ich dir noch erklären, deren ausnahmsloses Befolgen für unser aller Überleben notwendig und unabdingbar ist."

Aurora kaute auf ihrem Brot und starrte ins Feuer des Kamins. Doch ihre Aufmerksamkeit galt einzig den Worten des Dorfobersten.

„Wie ich hörte, hast du viele der schrecklichen Ereignisse des Krieges verdrängt und kannst dich nur schwach an dein vorheriges Leben erinnern. Keine Sorge, das geht vielen so. Die Keruben jenseits von Wald und Wasser sind eine furchtbare Brut. Es sind Dämonen, die ihre Kraft aus unseren Schwächen ziehen. Deswegen brauchen wir die Mönche so sehr, verstehst du? Sie versorgen uns mit Nahrung, Kleidung, Heilkräutern und Tinkturen. Die Mönche ermöglichen uns, auf Arbeit zu verzichten, denn die wertvolle Zeit unserer Leben sollte nicht vergeudet werden mit Ackerbau und Viehzucht oder anderem mühsamen Tageswerk. Nein, wir alle hier in Thyran Bàr können uns voll und ganz auf unsere ureigensten Neigungen konzentrieren, auf unsere einzigartigen Fähigkeiten, auf unsere individuellen Sehnsüchte. Ob du nun leidenschaftlich gerne Figuren aus Holz schnitzt, so wie der gute Rufus, oder aber mit Farbe und Pinsel wundersame Abbildungen unserer Natur, des Dorfes oder der Bewohner zu malen verstehst. Ob du über eine schöne Sangesstimme verfügst oder aber die Fähigkeit besitzt, andere mit lustigen Geschichten zu unterhalten. Ob du den Tanz oder das Spiel dein Eigen nennst, ob du gerne in den Tag hinein träumst oder andere an deinen Träumen teilhaben lassen willst, in Thyran Bàr, jenseits der Schreckensherrschaft der Keruben, haben wir uns dem

Pfad verschrieben, eins zu werden mit unseren Gefühlen. Denn aus dieser zuversichtlichen und wundervollen Kraft ziehen die Mönche ihre Macht, um den Keruben weiter zu trotzen und so die geflügelten Unholde auf Distanz zu halten. Wir alle hier müssen glücklich bleiben und uns an unseren Neigungen erfreuen, um dem Winter die Stirn bieten zu können. Verstehst du, was ich dir sagen will?"

Aurora starrte noch immer ins Feuer.

„Was Cryptus meint, ist, dass du dir *auch* etwas suchen musst, dass deinem Naturell entspricht. Eine Leidenschaft, die dir und allen hier Glück schenken kann", versuchte Gwen zu erklären, während Rufus eine tiefe Kerbe in das weiche Holz seiner Figur ritzte.

Der Dorfoberste nickte zustimmend.

Aurora hatte jedes von Cryptus Worten deutlich vernommen. Sie hatte jede noch so winzige Pause, jedes Atemholen, jede Zuckung seiner faltigen Hände registriert. Sie hatte verstanden. Aber wollte sie das auch? Noch immer rief eine Stimme tief in ihrem Herzen die Warnung, sie gehöre nicht hierher.

„Mein Kind", fuhr Cryptus fort. „die oberste aller Regeln besagt, dass niemand von uns jemals in den Wald gehen darf, der Thyran Bàr umschließt. Dort nämlich hausen die Vorboten des Unheils, die Tiere. Sie sind Diener der Keruben. Wo ein Tier deinen Weg kreuzt, da bahnt sich Unheil an. Sie mögen dir nichts tun, dich körperlich nicht angreifen oder verletzen, aber ihr schauerlicher Einfluss auf deinen Geist wird dir den inneren Frieden für lange Zeit rauben, vielleicht gar für immer."

Cryptus wischte sich mit dem Handrücken über die Stirn. „Und dort, wo der Wald endet, fließt der Fluss!"

Gwen zog ängstlich die Luft ein. Sie bettete ihre Hände ineinander und wisperte ein paar beruhigende Worte.

Cryptus indessen hielt seinen Blick weiterhin auf Aurora gerichtet. Sein Lächeln war nun gänzlich verschwunden. „Der Fluss ist die letzte aller Grenzen. Dort beginnt das Reich der Keruben. Und dort lauert das sichere Verderben auf seine Beute."

Der Dorfoberste seufzte schwer, und der steinerne Stab in seiner Hand drehte sich einige Male rauschend um die eigene Achse. „Es wird meine einzige Warnung bleiben. *Dort*, mein Kind, lauert der unwiderrufliche Tod auf einen jeden, der es wagt, die letzte Grenze zu übertreten."

Selbst Rufus hatte mit dem Schnitzen aufgehört. Alle vier blickten in sich gekehrt auf das Verglühen der Holzscheite und das gelegentliche Sprühen der Funken.

Schließlich erhob sich Cryptus aus dem Sessel, nahm seinen Abschied von Aurora und Gwen und wurde von Rufus zur Tür geleitet. Sogleich flutete eine Welle eisiger Luft von draußen in den Raum.

Aurora hielt ihren Tonbecher in beiden Händen und lauschte aufmerksam den letzten Worten der beiden.

„Ein schöner, blauer Tag. Ich werde noch einen Spaziergang machen", murmelte Cryptus.

Sie hörte, wie der Schnee unter seinen Stiefeln knirschte.

„Ach, bevor ich es vergesse, Rufus. Wie sagtest du, heißt das Mädchen noch?"

„Aurora", erklang brummend die Antwort.

„Das... ist wirklich interessant", sagte Cryptus.

Durch das Fenster neben der Eingangstür, welches mit Eisblumen zugewachsen war, sah Aurora, wie die verzerrten Umrisse des glatzköpfigen Mannes in der Gasse verschwanden.

ELF

Gegen Mittag verließ Aurora die Hütte und ging alleine auf Erkundungstour. Gwen hatte ihr einen gefütterten Kapuzenmantel mitgegeben, der dem Mädchen wie angegossen passte. Die Menschen in Thyran Bàr grüßten sie, wo immer sie hinkam. Zuweilen richteten Männer und Frauen sogar das Wort an sie und verwickelten Aurora in kurze aber belanglose Gespräche. Sie beschlich der Eindruck, jeder wolle ihr die ersten Tage so angenehm wie möglich gestalten. Aber gleichzeitig nahm sie auch verstohlene Blicke hinter halb geschlossenen Fensterläden wahr, das heimliche Getuschel, das jedes Mal sofort verstummte, sobald sie an den Sprechenden vorbei ging, sowie den kleinen, schwarzen Schatten, der immer wieder hinter Schornsteinen und Dachgiebeln verschwand, sie aber nie ganz aus den Augen zu lassen schien.

Die Menschen trugen dicke Mäntel saßen in Decken gehüllt auf Bänken vor ihren Häusern, wo sie malten, rauchten, tranken, schrieben, träumten. Aber die kalte Luft, der feuchte Schnee, all das hielt die Mehrheit der Dorfbewohner von Thyran Bàr offenbar in ihren Wohnstätten, wo sie die Wärme eines Kamins dem weißen Winter dieser Welt vorzogen.

Auffällig und verstörend war zudem, dass, obwohl so viele Schuhe und Stiefel über den Schnee schritten, und obwohl hier und dort Unrat an den Häuserwänden lagerte, sich die Landschaft über Nacht wieder in ein unberührtes Weiß verwandelt hatte. Selbst der Schnee direkt unter Auroras eigenen Füßen schmolz und ergraute nur widerspenstig. Sie zweifelte nicht daran, dass der Wind alsbald ihre eigenen Spuren wieder verwehen und mit einer glitzernden Schicht aus vollkommener Reinheit überziehen würde.

Ohne es zu merken war die Zeit verstrichen. Als Aurora aus einer Gasse trat, stellte sie zu ihrer Verwunderung fest, dass sie sich am äußeren Rand der Siedlung befand. Zwischen ihr und dem geheimnisvollen Wald, vor dem sie vom Dorfobersten gewarnt worden war, befand sich eine etwa zweihundert Meter breite Schneise.

Unsicher wagte das Mädchen einige Schritte auf der unberührten Schneefläche. Dann wandte sie den Kopf und sah, dass sich der Wald ringförmig um das Dorf schloss. Die hohen Stämme der Bäume am Waldrand wuchsen dicht an dicht, und das Unterholz schimmerte aus der Entfernung wie eine undurchdringliche Mauer aus Schattenwerk. Kein Laut war zu hören. Weder Mensch, noch Tier.

Sie verharrte für lange Zeit an dieser Stelle, in Gedanken und Gefühle versunken, während der eisblaue Himmel sich wie ein ruhiges, schlafendes Meer über ihrem Kopf bis zum Horizont erstreckte.

Als ihre Füße irgendwann vor lauter Kälte zu schmerzen begannen, drehte sich Aurora widerwillig ab und kehrte zurück in den Schutz der Hütten und Häuser. Bei jedem ihrer Schritte jedoch, glaubte das Mädchen, den achtsamen Blick des Waldes in ihrem Rücken zu spüren.

ZWÖLF

Auf dem Rückweg schlug Aurora, nachdem sie den Marktplatz mit der Statue von Thyran Bàr überquert hatte, eine andere Richtung ein.

Sie hatte zufällig den Eingang zu einer im Dunkeln liegenden Passage entdeckt, die von einem verwitterten Torbogen umspannt wurde. Zu ihren Füßen lag, vom Schnee fast vollends bedeckt, ein zerbrochenes Holzschild. Sie hob es auf, wischte die Eiskruste vom Holz und las das Wort *Pardonion*.

Das genügte ihr als Anreiz.

Neugierig trat sie in die Schatten der engen Gasse. Das erste, was ihr auffiel, war die Windstille. Nicht ein Lüftchen regte sich zwischen den hohen Gebäuden aus Stein. Nach wenigen Metern erkannte Aurora jedoch enttäuscht, dass es sich um eine Sackgasse handelte, an deren Ende sich nur ein paar große Kisten und Fässer türmten.

„So ganz allein unterwegs?"

Erschrocken drehte sie sich um. Sie hatte niemand kommen gehört.

Im Eingang der Gasse stand ein junger Mann mit blondem Lockenkopf. Sie erkannte ihn sofort. Es handelte sich um den einen der beiden Kerle, der sie am Vortag so unangenehm gemustert hatte. Er trug einen zerschlissenen Mantel und hielt die Arme vor der Brust verschränkt.

„Wer bist du?", fragte Aurora und trat intuitiv einen Schritt zurück.

„Man nennt mich Lorki. Und du? Was für ein Name passt wohl zu deinem hübschen Gesicht?"

Aurora wusste nicht, ob er ungeschickt versuchte, ihr ein Kompliment zu machen, oder aber, ob er sie herausfordern wollte.

„Aurora", sagte sie ernst.

Lorki schenkte ihr ein schiefes Lächeln und entblößte dabei eine Reihe fauliger Zahnhälse. Dann schloss er die Lippen wieder, aber sein schräges Grinsen blieb.

Als er nach weiteren Augenblicken immer noch nichts erwidert hatte, beschloss Aurora, dass sie auf jegliche Konversation mit diesem Lorki dankend verzichten könne.

Aber kaum machte sie einen Schritt nach vorne, um anzudeuten, dass sie die Gasse gerne wieder verlassen wolle, da trat auch Lorki vor, grinsend, die Arme weiterhin trotzig vor der Brust verschränkt.

„Was soll das", fuhr sie ihn an. „Willst du mir drohen?"

Ihre plötzliche Wut überraschte sie. Und mehr noch die unterschwellige Furcht, die allmählich in ihr aufstieg.

„Nicht doch", feixte Lorki und zwinkerte ihr im Zwielicht der engen Mauern auffordernd zu. „Ich will mir dein süßes Gesicht nur mal aus der Nähe anschauen. Immerhin hatten wir noch keine Gelegenheit, uns besser kennen zu lernen."

„Wie schade", entgegnete Aurora spöttisch.

Sie wich zurück und stieß mit dem Rücken an eines der riesigen Fässer.

Lorki schlenderte behäbig auf sie zu.

„Weißt du, Aurooora", hauchte er ihr zu, „in einem so kleinen Dorf wie Thyran Bàr kann einem Mann wie mir schon mal langweilig werden..."

„Wie bedauerlich!" Ihr giftiger Blick durchbohrte Lorki wie Dolchstöße.

Es schien ihn nicht zu kümmern.

Unwillkürlich tastete das Mädchen mit der Hand am Fass hinter ihrem Rücken. Da! Sie spürte einen Durchgang. Offenbar standen die Kisten und Fässer doch nicht so dicht beieinander, wie auf den ersten Blick zu vermuten war.

Sie wandte den Kopf leicht zur Seite und sah, dass sich hinter dem vordersten Fass ein winziger Gang bis zur Hauswand schlängelte, die das Ende der Sackgasse bedeutete.

Und dort, so schien es ihr, war eine Tür.

Lorki stand jetzt vor ihr. In der klaren, kalten Winterluft roch sein säuerlicher Atem umso unangenehmer.

„Ich habe mich schon gestern gefragt, was an dir so besonders ist. Ich komme einfach nicht drauf. Aber irgendetwas an dir *ist* anders. Vielleicht muss ich mir die Sache mal genauer anschauen." Sein Mund verzog sich zu einem anzüglichen Grinsen.

„Kühl dich lieber ein bisschen ab!", fauchte Aurora und drückte dem Blondschopf eine Handvoll Schnee ins Gesicht.

Lorki taumelte fluchend zurück. Als er seine Augen wieder öffnete und verschwommen auf den Punkt starrte, an dem das Mädchen eben noch gestanden hatte, war sie fort.

DREIZEHN

Mit einem Ruck ließ sie den Riegel herunterfahren und drückte sich erleichtert an die schwere Eichentür. Ein Glück, dass die Tür nicht verriegelt gewesen war, dachte sie. Aurora wartete einige Augenblicke mit klopfendem Herzen, aber kein Ruckeln an der Tür, kein Treten, kein Klopfen, kein Rufen drang aus der Gasse.

Dann erst sah sie sich um.

Sie stand auf einer hölzernen Plattform, von der eine gewundene Treppe tiefer nach unten führte. Die weitläufige Halle war von rötlichen Nebeln durchflutet, die rauchenden Fackeln an den Wänden entsprangen und langsam über Löcher an der Decke wieder abzogen. Steinskulpturen und Holzschnitzereien in allen Größen, Gemälde in vielerlei Farben, Stühle und Sessel in den unterschiedlichsten Formen, Bänke, Tische, Kerzenständer und Kommoden, all das stand hier dicht an dicht und doch so geordnet, dass es beinahe wohnlich wirkte.

Aurora stieg vorsichtig die Stufen hinab, bis sie inmitten des gewaltigen Sammelsuriums aus Kuriositäten, ausgedienten Möbelstücken und beeindruckenden Kunstwerken stand. Die rubinroten Rauchschwaden hingen tief und weckten einen leichten Hustenreiz in ihren Lungen.

„Na, dir bekommt wohl das Feuer der Zinnoberhölzer nicht, was?", erklang von irgendwo eine krächzende Stimme.

Das Mädchen fuhr erschrocken zusammen. Der Rauch und die vielen Gegenstände trübten ihre Sicht und ließen nicht erkennen, wer da soeben gesprochen hatte. Was sie stattdessen sah, war eine halb geöffnete Tür am hinteren Ende der Halle.

„Entschuldigung", sagte Aurora laut. „Ich bin hier nur zufällig reingeraten. Da draußen in der Gasse war so ein Kerl, der mich belästigt hat."

Ein verächtliches Schnauben drang hinter einer Staffelei hervor, die eine Leinwand mit dem Abbild des Dorfes trug. Wenn die Perspektive nicht der Phantasie des Malers entsprungen war, dann hatte der Künstler beim Malen zwischen den Bäumen des Waldes stehen müssen. In der laut dem alten Cryptus streng verbotenen Zone...

Aurora umkurvte einen mit fremdartigen Mustern verzierten Tisch und ging auf das Gemälde zu.

„Gefällt es dir?", krächzte die Stimme.

Sie drehte sich um. Hinter ihr stand ein Mann, der ihr kaum bis zum Kinn reichte. Er trug einen mit bunten Flicken übersäten Mantel und auf der Stupsnase eine gewaltige Brille. Die dunklen Haare standen ihm zu allen Seiten ab, so als hätte er schlecht geschlafen und seinen Kamm vor Jahrzehnten irgendwo inmitten dieses liebevoll gepflegten Chaos verloren.

„Entschuldigung...", setzte Aurora erneut an, aber der kleine Mann unterbrach sie wild gestikulierend.

„...dass ich mich noch nicht vorgestellt habe. Pardonion lautet mein voller und zugleich auch einziger Name. Tja, leider. Ich bin der Sammler von Thyran Bàr."

Pardonion verbeugte sich tief und lange und beinahe fürchtete Aurora, es sei dem kleinen Mann ins

Kreuz gefahren und er könne sich nicht mehr von allein erheben. Doch dann richtete sich Pardonion flink swieder auf und lächelte das Mädchen unter den übergroßen Gläsern seiner Hornbrille mit einer derart unerwarteten Herzlichkeit an, dass ihr vor Überraschung die Röte ins Gesicht stieg.

„Und ich heiße Aurora", sagte sie rasch.

Pardonion klatsche freudig in die Hände.

„Wie wundervoll", rief er. „Ein ganz entzückender Name. Sehr schön." Und mit einem Wink in Richtung der Staffelei fügte er hinzu: „Und?"

Aurora konnte sich nur mit Mühe vom Anblick des ungewöhnlichen Mannes in seinem Flickenmantel losreißen.

„Ja, es gefällt mir. Es wirkt so..."

„...so *wirklich?*" Pardonion lachte heiser, und Aurora empfand sein Krächzen jetzt als gar nicht mehr unheimlich.

Sie schmunzelte. „In der Tat. Es wirkt so wirklich."

Pardonion klatschte erneut in die Hände.

„Entzückendes Wortspiel. Ganz reizend. Komm, Aurora, oh, ich sehe in dir die Tochter eines Eiskristalls. Komm, ich will dir mehr zeigen."

Pardonion führte das Mädchen kreuz und quer durch die Halle, mit ihren schimmernden Rauchfahnen und dem eigentümlichen Geruch von Hingabe und Alter, der an allem haftete. Der kleine Mann hatte zu jedem noch so winzigen Gegenstand eine Geschichte zu erzählen. Während die Zeit mit jedem Wimpernschlag verstrich, begannen die Worte Pardonions immer tiefer und tiefer in Auroras Geist einzudringen.

Er zeigte ihr Bilder des Dorfes und der Bewohner. Sie erkannte Gwen und Rufus, als sie noch jünger waren. Auch Skulpturen aus Stein und Ton, manche so klein wie ein Handteller, andere in Lebensgröße, hatten ihre ganz eigenen Geschichten zu erzählen. Obwohl Aurora die Namen nicht kannte und die vielen wundersamen Episoden aus dem Dorfalltag nie behalten würde, entfaltete sich in ihr ein Gefühl der Vertrautheit.

„Warum sammelst du all diese Dinge?", fragte sie schließlich, nachdem die beiden in einer Sitzecke zwischen meterhohen Schränken Platz genommen hatten. Die Armlehnen ihrer Sofas erinnerten entfernt an Tierköpfe.

„Wann immer es an der Zeit für einen von uns war, zu gehen, wurden mir seine Kunstwerke, folglich das Vermächtnis seines Schaffens in Thyran Bàr, zugestattet. Und meine Aufgabe ist es, einen Platz für alles zu finden. Weißt du, die Herzen der Menschen in Thyran Bàr sind voller Rätsel, und so manches wurde von mir im Geheimen gelöst, als ich mich mit ihren persönlichsten Schätzen auseinandersetzte." Dann fügte er mit einem raschen Seitenblick auf Aurora hinzu: „Natürlich, ohne je gegen ein Gesetz verstoßen zu haben."

„Natürlich", erwiderte das Mädchen. „Wenn also jemand stirbt, wird sein gesamter Nachlass dir gegeben?"

Für einen Moment, glaubte Aurora eine große Müdigkeit in Pardonions Zügen zu erkennen. „Nein, Aurora. Niemand stirbt in Thyran Bàr."

Das Mädchen starrte ihn verständnislos an.

„Verbrechen gibt es hier nicht. Dafür sorgen die Mönche, deren Regeln uns alle beschützen und das

Böse von jenseits des Flusses abwehren. Selbstverständlich kommt es hin und wieder zu einem Unfall, oder das Alter fordert seinen Tribut. Aber auch dann sind es die Mönche, die sich um die Sterbenden kümmern. Diejenigen, deren Zeit gekommen ist, werden von den Mönchen geholt und an einen besseren Ort gebracht. Dort erleben sie ihre letzten Augenblicke. Dort können ihre Seelen für immer in Frieden verweilen. *Hier* hingegen, in Thyran Bàr, wäre die ständige Bedrohung durch die Keruben auch für die Geister der Toten eine unheilvolle Quelle der Unruhe."

„Das heißt, hier ist noch nie jemand gestorben?" Aurora konnte es nicht glauben.

„So ist es, Tochter des Eiskristalls", sagte Pardonion feierlich.

„Aber *wohin* bringen sie die Mönche?" Pardonion schloss die Augen, lehnte sich zurück und verschränkte die Arme hinter dem Kopf. „Keiner weiß es. Das ist ja das Gute daran."

Sie verstand kein Wort. „Was soll denn daran gut sein?"

„So kann ihnen niemand folgen, und die Ruhe der Toten bleibt gewahrt", sagte Pardonion zufrieden.

Eine Weile sprach niemand der beiden ein Wort. Aurora hatte die Beine hochgelegt und es sich auf dem Sofa gemütlich gemacht. Nachdenklich betrachtete sie die Rauchfäden, die sich entlang der Fackeln empor bis zu den Abzugslöchern in der Decke schlängelten.

Schließlich kam ihr doch noch eine Frage in den Sinn: „Pardonion, sind die Tiere wahrhaftig Vorboten des Unheils?"

Ein Räuspern entfuhr der Kehle des kleinen Mannes. „Wird das behauptet, ja?"

„Ja. Gwen und auch Cryptus warnten mich vor den Tieren. Und vor dem Wald."

„Hmm, die Tiere? Vielleicht *sind* sie Vorboten des Unglücks. Aber vielleicht sind wir Menschen es *auch*. Hast du daran schon mal gedacht? Zumindest leben die Tiere näher am Fluss als wir. Ihre Angst vor den Keruben scheint weniger ausgeprägt zu sein als die unsrige. Aber ob sie das allein zu Unheilsbringern macht, vermag ich nicht zu sagen. Ich denke eher, die Tiere sind enttäuscht von uns und haben sich von uns abgewandt. Früher, musst du wissen, da war ich oft im Wald. Und die Tiere haben zu mir gesprochen, von seltsamen Dingen, die ich nicht verstand. Doch im Laufe der Zeit sprachen sie immer weniger, zogen sich immer mehr zurück, wurden immer tierischer, wenn du verstehst, was ich sagen will. Nur noch wenige machten sich in unserer Sprache verständlich, und als sie spürten, dass ich die Bedeutung ihrer Worte nicht mehr begriff, da ließen sie mich in Ruhe. Manchmal habe ich das Gefühl, sie würden uns aus dem Wald beäugen, belauern, abwartend und berechnend. Funkelnde Augenpaare im Schnee und in den Schatten. Doch ich kann nicht sagen, was ihre Absichten sein mögen. Ich bin nur Pardonion, der Sammler."

„Hast du die Keruben schon mal mit eigenen Augen gesehen?" fragte Aurora vorsichtig, da sie nicht wusste, wie der kleine Mann auf eine solche Frage reagieren würde.

Pardonion überlegte kurz, so als wisse er nicht, ob er die Wahrheit erzählen dürfe. Oder, als könne er sich nicht mehr wirklich daran erinnern. Dann, als er antwortete, war seine Stimme von einer verstörenden Ehrfurcht begleitet.

„Die Keruben... Ja, ich habe sie gesehen. Einmal. Ein einziges Mal, als mich meine Neugier immer weiter durch den Wald und bis hin zum Fluss getrieben hatte. Das Wasserbett lag still und ruhig da, es war nicht tief. Ich hätte es ohne Mühe durchwaten können. Und für einen kurzen Moment war ich in der Tat versucht, es auch zu tun. Aber dann sah ich den geflügelten Unhold am anderen Ufer auf einem Baumstumpf kauern. Du musst wissen, es gibt keine Bäume mehr jenseits des Flusses. Nur abgeschlagene Stümpfe und dahinter die Dunkelheit. Die schreckliche Furcht, die mich in jenem Augenblick ergriff und meinen Verstand beinahe in die bodenlosen Abgründe des Wahnsinns gestürzt hätte, ließ mich in panischer Angst davon laufen und bis zum heutigen Tag niemals zurückkehren." Nach einer kurzen Pause fügte Pardonion leise hinzu: „Ich habe Cryptus meine Torheit niemals gebeichtet. Und bitte dich, dass dieses Geheimnis unter uns bleibt, ja?"

„Das verspreche ich dir", sagte Aurora feierlich, und sie meinte es ehrlich.

„Cryptus ist ein Mönch. Wusstest du das?"

„Nein." Aurora brauchte einen Augenblick, um zu begreifen. „Ich habe mich schon gefragt, wo diese Mönche stecken, von denen alle immer sprechen."

„Nun, Cryptus ist der einzige von ihnen, der das Dorf nicht verlässt. Die anderen kommen von Zeit zu Zeit zu Besuch, stets nur kurz, versorgen uns mit Speisen und anderen überlebenswichtigen Dingen. Oder aber sie bringen uns Flüchtlinge, wie dich. Oder..." Pardonion verstummte.

Aurora richtete sich auf. Ihr Kopf fühlte sich von der schweren, von Rauch durchtränkten Luft ganz bleiern an.

„Oder was?", fragte sie.

Der kleine Mann zögerte mit der Antwort.

Erst als das Mädchen abermals nachhakte, rang er sich zu einer Erklärung durch.

„Oder aber sie kommen und holen einen aus unserer Mitte. Es heißt, sie bräuchten Kämpfer für den Krieg gegen die Keruben. Was mich dabei nur stets verwundert hat, ist die Tatsache, dass die Auswahl der Mönche eine völlig willkürliche zu sein scheint. Mal erwischt es einen der Jüngeren, einen der Kräftigen, dann eine schwangere Frau, oder ein altes, gebrechliches Weib. Die Mönche nehmen keine Rücksicht auf Familien oder Gesundheit."

„Wie begründen sie denn ihre Wahl?"

„Die Mönche beschützen uns alle vor dem Bösen. Sie versorgen uns mit Nahrung in einer unfruchtbaren Welt aus Eis und Schnee. Sie brauchen ihre Wahl nicht zu begründen."

Nach diesen Worten erhob sich auch Pardonion aus dem Sofa. Er rückte die Brille zurecht, strich den Flickenmantel gerade und sagte: „So, ich denke, es wird Zeit für dich zu gehen. Die Nacht bricht bald heran. Gwen und Rufus werden sich sonst nur unnötig Sorgen machen."

Pardonion begleitete das Mädchen die geschwungene Treppe hinauf auf das Holzplateau, von wo man die gesamte Halle im Blick hatte.

An der Eichentür angekommen, verabschiedete sich der Sammler mit einer tiefen Verbeugung, und Aurora fühlte sich in der Pflicht, es ihm gleich zu tun. Sie merkte, wie ihr Magen vor Hunger und Durst schmerzte und ihre Kehle wieder vom Rauch der Fackeln aus Zinnoberholz zu kratzen begann.

Als sie die Tür öffnete, lag die schmale Gasse verlassen im Dunkeln der hereingebrochenen Dämmerung.

Schon wieder ein Tag vorüber, dachte sie, und diese Erkenntnis stach ihr wie ein glühender Pfeil durchs Herz.

Ihr blieb nicht mehr viel Zeit...

Zeit wofür? schoss es dem Mädchen durch den Kopf.

Sie trat hinaus in die eisige Nacht, doch bevor Pardonion die Eichentür hinter ihr schloss, fiel ihr noch eine letzte Frage ein: „Warum nennst du mich eigentlich Tochter eines Eiskristalls?"

Der kleine Mann kicherte. „Hmm, mir scheint, du würdest in vielerlei Licht leuchten, mit einem Spiegelbild aus Schnee und mehreren Gesichtern. So, als würdest du eigentlich gar nicht hierher gehören. Verstehst du, was ich meine, Aurora?"

Aurora verstand es genau.

VIERZEHN

Dies ist ihr Traum, ihre Vision, ihre Warnung. Aber nicht ihr Körper.

Sie fühlt das kalte Glas zwischen ihren Fingern und den Geruch von Säuren und Tinkturen. Die Kammer wird davon erfüllt, belagert, durchtränkt. Es brodelt und zischt, brutzelt und vibriert, blubbert und dampft. Es ist heiß, sehr heiß. Aber sie wagt nicht, den schweren Mantel auszuziehen, denn er bietet ihr Schutz vor den Funken, den Spritzern und anderen Übeln ohne Namen, die zuweilen heulend und wehklagend durch die Nebel und Dunstwolken jagen, über Gläser, Karaffen, Töpfe und Schale hinweg, und dann verblassen.

Sie ist die Herrin, nein, *der Herr*, dieses düsteren Ortes. Sie bereitet die Mixturen zu, die das Schicksal zu beugen wissen.

Drei Portionen des tückischen Giftes liegen jetzt vor ihr bereit, behutsam eingebettet in die Schäfte dreier feiner Nadeln aus reinstem Brillantenglas, unzerstörbar und absolut tödlich.

Mehr davon herzustellen ist in der kurzen Zeit nicht möglich gewesen. Aber diese drei Portionen werden vollkommen ausreichen, um die letzten drei Seelen zu vernichten, die dem großen Plan noch im Wege stehen.

Kaum verschwindet die erste der funkelnden Brillantkanülen in ihrer Manteltasche, da öffnet sich bereits die Tür.

Zwei Männer treten ein.

Sie sind gekommen, um sich den bedeutendsten aller Aufträge abzuholen, dessen Erfüllung sie unsterblich machen wird. Zwei Namen, die fortan die Geschichtsbücher aller Orden und Bibliotheken füllen werden.

Zwei der treuesten Diener.

Zwei der zuverlässigsten Mörder.

K'Mori.

Wolf.

Sie nehmen die Nadeln an sich.

Wolf nickt.

K'Mori grinst.

Sie gehen. Es hat begonnen.

Zurück bleiben trübe Schemen aus Dunst, die aus brodelnden Töpfen und zischenden Wannen emporsteigen und nur langsam im Feuer der Kerzen vergehen. So als hätte es sie niemals gegeben.

FÜNFZEHN

Aurora erwachte an diesem Morgen erst sehr spät. Ihr Körper fühlte sich an, als hätte sie die ganze Nacht nicht geschlafen. Bevor sie jedoch den Raum mit dem Kamin betrat, hörte sie Rufus und Gwen miteinander tuscheln. Sie blieb hinter der angelehnten Tür zur Küche stehen und lauschte, neugierig zu erfahren, was für Geheimnisse die beiden Alten vor ihr haben mochten.

„Ist sie schon auf?", vernahm sie Rufus grummelnde Stimme.

„Nein. Sie schläft noch."

„Sie hat wieder im Schlaf geflüstert. Das sind schlechte Zeichen, weißt du?"

„Natürlich weiß ich das, Rufus. Aber was können wir tun?"

„Nichts."

„Wir warten einfach ab. Mit der Zeit wird es sich legen. So ist es bei allen gewesen."

„Du hast Recht. Ich hoffe nur, sie leidet nicht zu sehr. Oder macht Dummheiten."

„Du meinst, sie könne in den Wald gehen?", fragte Gwen besorgt. „Was dann?"

„Niemand geht in den Wald, das weißt du so gut wie ich. Niemand."

„Heute Nacht hat es wieder geschneit", flüsterte Gwen voller Ehrfurcht.

Eine kurze Pause trat ein.

Dann sagte Rufus nachdenklich: „Ich weiß, ich sah es auch."

„Wer wohl dieses Mal zu uns gekommen ist?"

SECHZEHN

Nach dem Frühstück zog sich Aurora auf ihr Zimmer zurück. Ihr stand nicht länger der Sinn danach, das Dorf oder den Wald auszukundschaften. Sie fühlte ganz deutlich, dass hier Einiges nicht mit rechten Dingen zuging. Sie spürte die Geheimnisse von Thyran Bàr und seiner Bewohner und das allumfassende Schweigen, das sich über alle Heimlichkeiten legte wie eine kalte Schicht aus Schnee. Aber Aurora wusste nicht, wie sie das Eis brechen und hinter die Wahrheit kommen sollte.

Sie fühlte sich verloren. Sie fühlte sich allein.

Und dann diese komischen Träume, die sie jede Nacht heimsuchten. Es war, als schlüpfe sie für die Zeit ihres Schlafes in den Körper eines Fremden.

Und in diesem Mann lauerte das Böse...

Aurora lag auf dem Bett, die Arme hinter dem Kopf verschränkt und blickte aus dem geöffneten Fenster. Die Kälte kroch über den Sims, entlang der Fensterbank, hinein in das kleine Zimmer, Auroras Füße hinauf bis in ihre Fingerspitzen. Aber es kümmerte sie nicht länger. Sollte die Kälte doch kommen!

In diesem Moment vernahm sie ein Flattern, draußen auf dem Dach. Ein Krächzen.

Dann landete ein Vogel zwischen den zur Seite geklappten Fensterläden.

Ein pechschwarzer Rabe.

Mit einem Satz hüpfte das Tier von der Fensterbank ins Zimmer und weiter auf das Bett.

Im Nu hatte Aurora die Beine angezogen und kauerte sich mit dem Rücken an die Wand.

Das Tier schaute sich mit einigen raschen Kopfbewegungen im Raum um, dann richtete es sich seine Aufmerksamkeit auf das Mädchen.

„Was starrst du denn so? Noch nie einen Raben gesehen?", krächzte der Vogel.

Aurora hätte schwören können, eine Spur von Hohn in seiner Stimme vernommen zu haben.

„Äh, nein. Ich meine, doch natürlich. Also..."

„Schon klar", schnarrte der Rabe und putzte sich mit dem Schnabel zwei seiner langen schwarzen Federn. „Du bist also das Mädchen, he?"

Aurora blickte ihn fragend an. „Welches Mädchen?"

„Na, das Mädchen, von dem sie mir erzählt hat. Oder kennst du noch eines?"

„Noch ein Mädchen?"

Der Rabe krächzte zur Antwort, doch es klang eher wie ein Stöhnen.

Aurora schlang ihre Arme fester um die Beine und beäugte das sprechende Tier, wie es sich erneut einige Federn mit dem Schnabel putzte und dann aufgeplustert schüttelte.

Sie nahm ihren ganzen Mut zusammen und fragte leise: „Bist du ein Vorbote des Unheils?"

Wieder stöhnte der Rabe. „Ich sehe schon, wir müssen ganz von vorne anfangen, was?"

SIEBZEHN

Ihr ungeladener Gast stellte sich ihr als Nocturnus vor, und ja, er komme tatsächlich aus dem Wald, und nein, er wäre kein Vorbote des Unheils. Jedenfalls nicht, dass er wüsste, fügte er nach einer Pause, begleitet von einem heiseren Krächzen, hinzu.

Aurora begann, sich langsam zu entspannen. Das Tier zu ihren Füßen schien in der Tat weniger bedrohlich zu sein, als viele der verschlossenen Gesichter im Dorf, mit ihren ausdruckslosen Blicken und all den Geheimnissen.

Sie erzählte Nocturnus, was ihr die Dorfbewohner über die Tiere erzählt hatten. Und über den Wald. Und die Keruben.

Der Rabe hörte aufmerksam zu, aber er schien nicht sonderlich beeindruckt, nachdem sie ihren Bericht beendet hatte.

„Das ist nichts Neues", krächzte er. „Leider."

„Willst du mir helfen, Nocturnus? Mir scheint, ihr Tiere seid die einzigen, mit denen man vernünftig reden kann."

Der Rabe blickte Aurora aus seinen gelben Augen anerkennend an. „Seit Ewigkeiten habe ich nicht mehr eine so treffende Bemerkung vernommen."

Dann plötzlich wandte er den Kopf zur Seite und lauschte. Mit einem Satz war er auf der Fensterbank und spähte hinab auf die verschneite Gasse vor dem Haus.

„Du musst gehen. Sofort!"

„Warum?" Aurora sprang vom Bett auf und huschte zum Fenster.

Sie sah drei Gestalten in purpurnen Roben die Straße entlang kommen. Die Männer hielten direkt auf die Hütte von Gwen und Rufus zu. Einen erkannte Aurora als den Dorfobersten, den Mönch Cryptus.

Die anderen beiden...

„Im Namen der Propheten! Ich kenne diese Gesichter! Aber wie ist das möglich?"

Der Rabe schlug aufgeregt mit den Flügeln. „Runter!"

Unten in der Gasse hob einer der zwei Fremden, ein blasser Kerl mit langem, schwarzem Zopf, den Kopf und starrte zum offenen Fenster empor.

Aber dort war niemand mehr zu sehen...

ACHTZEHN

Dumpf kam das Mädchen auf dem Boden auf, doch obgleich der Schnee ihren Sprung abfederte knickte sie mit dem Fuß unglücklich zur Seite weg. Vor Schmerz schrie Aurora auf, aber niemand schien sie gehört zu haben.

Sie humpelte los, immer weiter, bis sie den Marktplatz erreichte, in dessen Mitte sich einige Frauen zu einer der üblichen Tuscheleien zusammengefunden hatten.

Nocturnus war fort.

Aber sie kannte den Weg. Und da sie keinen anderen Rat wusste, würde sie ihm folgen. Noch einmal zog sie sich in die Schatten der Hauswand zurück und zerbrach versehentlich fünf lange Eiszapfen, die lautlos zu Boden fielen. Sie schloss die Augen und holte tief Luft.

Es gab keinen Zweifel. Es waren dieselben zwei Männer!

Mit erstaunlicher Entschlossenheit hatte sie ihre paar Habseligkeiten zusammengepackt, sich den gefütterten Mantel übergezogen, und war dem Vogel durch das Fenster und über die Dächer der angrenzenden Hütten gefolgt.

Sie hatte noch das energische Klopfen an der Haustür gehört.

Die verwirrten Stimmen von Gwen und Rufus.

Die Stimme von Cryptus, wie er die beiden zu beruhigen versuchte.

Dann ihren Namen.

Und die Schritte der zwei Männer auf dem Weg zu ihrem Zimmer.

In ihren wallenden, purpurnen Roben.

Diese beiden unheimlichen Gestalten, die der Mönch zu ihr geführt hatte, trugen zwei Namen, die fortan die Geschichtsbücher aller Orden und Bibliotheken füllen würden, waren zwei der treuesten Diener, zwei der zuverlässigsten Mörder.

Ihre Namen lauteten K'Mori und Wolf.

Es waren die Männer aus ihrem letzten Traum!

Und Aurora war sich sicher, dass sie gekommen waren, um sie zu holen.

Sie zu töten!

Nur wusste sie nicht, warum...

NEUNZEHN

Sie traf Nocturnus an eben jener Stelle, die sie als Treffpunkt vereinbart hatten. Der Rabe kauerte auf einem knotigen Ast und blickte aus gelben Augen auf das Mädchen hinab. Dann neigte er seinen gefiederten Kopf und lugte in Richtung des Dorfes.

Aber niemand war ihr gefolgt.

Erschöpft ließ sich Aurora auf einem der Baumstümpfe nieder, die sich aus der gerodeten Schneefläche zwischen Wald und Dorf in die Ausläufer des Waldes verirrt hatte. Oder war es eher so, dass der Wald im Laufe der Zeit begonnen hatte, den kahlgeschlagenen Gürtel um das Dorf wieder zurückzuerobern? Wie auch immer, Aurora war froh, sich setzen zu können. Das Dickicht bot ausreichend Schutz vor neugierigen oder suchenden Blicken aus Thyran Bàr.

Nocturnus krächzte zufrieden, dann tapste er über den Ast ein wenig mehr in Auroras Nähe.

„Schadoh hatte Recht. Du bist wirklich nicht wie die anderen.“

Aurora war verblüfft. „Du kennst Schadoh?“ Die Erinnerung an die in Rätseln sprechende Katze lebte in ihr auf.

„Ob ich Schadoh kenne? So groß ist der Wald auch wieder nicht! Es gibt kein Tier, das ich nicht beim Namen nennen kann. Sie hat mich gleich nach deiner Ankunft benachrichtigt.“

„Aber warum? Was geschieht hier? Wie komme ich hierher?“

„Das sind zu viele Fragen, um sie mit einem Flügelschlag zu beantworten", krächzte der Rabe. „Nachdem Schadoh mir alles aus jener Nacht erzählt hatte, war offensichtlich, dass etwas Unvorstellbares geschehen war. Etwas, auf das wir lange, sehr lange, haben warten müssen. Den Wächtern ist zum ersten Mal ein Fehler unterlaufen."

„Wächter? Du meinst die Mönche?", fragte Aurora, verwundert durch die seltsamen Anspielungen und die Tatsache, dass sie sich gerade mit einem Vogel unterhielt. Hatte man sie nicht wiederholt vor allen Tieren gewarnt?

Nocturnus stieß sich von seinem Ast ab, überbrückte mit zwei kräftigen Flügelschlägen einige Meter und landete hinter Aurora auf dem Zweig eines anderen Baumes.

Das Mädchen wandte sich auf ihrem Baumstumpf herum und wartete auf die nächsten, undurchsichtigen Hinweise. Während ihr Atem langsam ruhiger wurde, spürte sie, wie die Kälte des Winters sich immer stärker um sie legte. Sie warf sich die Kapuze über den Kopf und verschränkte ihre Arme schützend vor ihrer Brust. „Das vorhin, das waren doch auch Mönche, oder?"

„Wir nennen sie nicht so", sagte Nocturnus. „Wir nennen sie die Wächter."

„Weil sie Thyran Bàr vor den Keruben bewachen?"

„Ha, so könnte man es auch sehen."

Aurora verstand kein Wort. Was wollten die Tiere von ihr? Was an ihr war anders?

„Und wie geht es jetzt weiter, Nocturnus? Diese beiden Männer wollten zu mir. Cryptus hat sie hergeführt. Und letzte Nacht habe ich von ihnen geträumt. Ich glaube, sie sind..." Aurora stockte. Erst jetzt wurde ihr die volle Tragweite ihrer Vermutung bewusst.

Der Rabe starrte das Mädchen abwartend an.

„Ich glaube", fuhr sie leise fort. „dass K'Mori und Wolf, so heißen diese Mönche, oder Wächter, dass jemand sie geschickt hat, um mich zu töten."

In diesem Moment vernahm sie ein Geräusch über ihrem Kopf. Feiner Schnee staubte von einem Ast auf sie hinab. Dort oben bewegte sich etwas, ein schwarzer Schatten. Ein funkelndes Augenpaar.

„Es ist an der Zeit, die Tochter des Eiskristalls zum Verbotenen Hang zu bringen. Was denkst du, Nocturnus?", flüsterte die Katze mit sanfter Stimme. Schadoh!

Staunend blickte Aurora zwischen den beiden Tieren hin und her.

Der Rabe putzte sich teilnahmslos das Gefieder. Dann nickte er stumm und schwang sich in die Lüfte.

Schadoh war mit einem Satz vom Baum und landete direkt vor Auroras Füßen. Die Katze trottete einige Meter voraus, hielt an und wandte sich um.

„Komm schon. Folge den Boten des Unheils", rief sie.

Aurora hätte schwören können, einen belustigten aber zugleich auch mahnenden Unterton in der Stimme des kleinen Raubtieres vernommen zu haben.

Sie erhob sich vom Baumstumpf, schlug den Schnee von ihrem Mantel und eilte hinterher, immer tiefer in die weiß glitzernde Welt des dichten Waldes, den keine Menschenseele je betreten sollte.

ZWANZIG

Die Welt war weiß und still...

Ein silbriges Tuch hatte die einst blühende Waldlandschaft überzogen, seinen stummen Zauber über Äste, Wurzeln und Erde gelegt. Von einem schwachen Wind getrieben rieselte Schnee von den Bäumen und erfüllte die kalte Luft mit einem Schleier aus Eiskristallen.

Aber Aurora ahnte, dass der Frühling niemals kommen würde. Diese Wahrheit war ihr von Gwen und Rufus mehrfach bestätigt worden. Es war ein trügerischer Frieden, den die Ruhe dieses Winters ausstrahlte. Ohne die Wärme von Frühling und Sommer würden die Blumen niemals erblühen, das Grün der Bäume niemals erwachen. Ohne ein Ende des Winters würde Thyran Bàr und alles, was diese Menschen kannten, für ewig in einem Schlaf aus Eis und Kälte gefangen bleiben. Zu glitzernder Schönheit erstarrt.

Das Mädchen folgte der Katze, tiefer und tiefer in den Winter des Waldes, und sie fragte sich, wie Pflanzen unter solch eisigem Bann überleben konnten.

Sie sah auch andere Tiere. Vögel, Füchse, Eichhörnchen. Doch keines von ihnen begann auf wundersame Weise zu sprechen. Sie spürte kurze, neugierige Blicke auf sich und Schadoh ruhen, dann wandten sich die Tiere ab und eilten fort, bis sie im weißen Nichts verschwunden waren.

Irgendwann erreichten sie eine Anhöhe, auf der ein umgestürzter Baum unter dem Schnee begraben lag. Aurora schaute sich um. Der weite Horizont war bedeckt von einem milchigen Wolkenband. Auf den Baumkronen des Waldes lag eine weiße Schneedecke, und in der Ferne, wo der Wald endete, zeichneten sich die Umrisse eines Flusses ab, der sich wie ein Ring um die Ausläufer des Waldes schlängelte, so wie dieser das Dorf Thyran Bàr umschloss. Über dem Fluss lag ein feiner Nebelschleier. Die Welt dahinter war nicht zu erkennen.

„Hausen dort die Keruben?", fragte Aurora besorgt und deutete mit ausgestrecktem Arm in Richtung der seltsamen Nebel über dem fernen Wasser.

Schadoh machte einen Satz auf die Überreste des umgefallenen Baumes und tänzelte elegant einen abstehenden Ast entlang, um besser sehen zu können. Dabei blieb die Katze alle paar Schritte stehen und leckte sich das dunkle Fell an Brust und Beinen.

„Du hast gute Augen. In der Tat gehört das Land jenseits des Flusses den geflügelten Unholden. Von dort kehrt niemand zurück. Weder Mensch, noch Tier."

„Zumindest diese Geschichte stimmt also", murmelte Aurora düster. Sie hatte bereits begonnen, die Erzählungen und Warnungen der Dorfbewohner gänzlich in Frage zu stellen. Schließlich schienen bislang weder die Tiere noch der Wald von größerer Gefahr. Im Gegenteil.

Aber jetzt, als Schadoh ihr die Existenz der Cherbuben bestätigte, befiel das Mädchen eine große Traurigkeit. Der Fluss umschloss den Wald, so wie dieser das Dorf. Sollte sie den kleinen Strom nicht überqueren können, dann war sie hier für immer gefangen.

Schadoh sprang vom Baum und schnurrte kurz um Auroras Beine.

„Aber du schaust in die falsche Richtung. Der Verbotene Hang fällt zu deiner linken abwärts. Dort gibt es etwas, was ich dir zeigen will."

EINUNDZWANZIG

Es war eine Ruine.

Die Mauern mussten schon vor langer Zeit in sich zusammengefallen sein. Nur vereinzelt ragten noch steinerne Überreste aus dem Schnee. Und auf den noch immer vom Ruß geschwärzten Mauerstücken lag keine einzige Schneeflocke. Der gesamte Platz war von dunklem Schlamm bedeckt, wie ein unwirkliches Loch in der sonst so hellen und unbefleckten Winterwelt.

„Hat ein Feuer das Gebäude zerstört?", fragte Aurora, als Schadoh wenige Meter vor den ersten dunklen Steinbrocken stehen blieb und sich weigerte, weiter zu gehen.

„So sagt man. Kein Tier ist alt genug, um Zeuge des Vorfalls gewesen sein zu können. Niemand weiß mehr, was es war", flüsterte die Katze ehrfurchtsvoll.

Aurora wusste, dass sie aus einem ganz bestimmten Grund hergebracht worden war. Sie vermutete, dass die Katze, möglicherweise gar alle Tiere, diesen Ort mieden oder ihn zumindest nicht betreten wollten. Zu offensichtlich war die Scheu ihrer vierbeinigen Begleiterin.

„Warum gehst du nicht voran, und wir schauen uns mal um?"

„Niemand von uns wagt sich weiter. Dieser Ort ist verflucht. Selbst der Schnee hat Furcht davor."

„Und nun soll ich mich für euch der Sache annehmen? Warum sollte ich das tun? Was gibt es hier zu finden?"

Aurora verschränkte die Arme vor der Brust und wartete. Sie machte keine Anzeichen, dass sie neugierig genug wäre, um von sich aus in den Kreis der schwarzen Mauerruine zu treten.

Die Katze senkte beschämt den Blick, aber Aurora beschloss, standhaft zu bleiben. Sie wollte eine Antwort. Die beiden sprechenden Tiere hatten von Anfang an ihr Gefühl bestätigt, dass etwas mit Thyran Bàr nicht stimmte. Sie vertraute ihnen. Aber sie wollte auch nicht blindlings in ihr Verderben laufen. Gwen hatte auch nicht den Eindruck gemacht, als wolle sie ihr Böses, und die alte Frau hatte sie eindringlich vor den Tieren gewarnt, ebenso wie der kleine Pardonion.

Also entschied Aurora, sich nicht eher in den Ruinen am Verbotenen Hang umzuschauen, bevor wenigstens eine ihrer Fragen beantwortet wurde.

„Warum nennen euch die Menschen im Dorf Boten des Unheils?"

Die grünen Augen funkelten angriffslustig. „Es mag daran liegen, dass viele von uns es zuerst bemerken, wenn ein neuer Flüchtling von den Wächtern ins Dorf gebracht wird. Die Menschen reagieren erst, wenn der Schnee zu fallen beginnt. Das ist ihr Zeichen. Doch *wir* spüren die Veränderung."

„Welche Veränderung?"

Schadoh fuhr unbeirrt fort: „Ebenso spüren wir viel früher, wenn die Wächter kommen, um jemanden aus dem Dorf mit sich fort zu nehmen. Vor langer Zeit lebten viele Tiere im Dorf, aber dann wurden wir in den Wald verdrängt. Jetzt heißt es, wir wären Vorboten des Unglücks."

Aurora begann allmählich, zu verstehen. „Und diese Ruine hier ist ein Werk der Menschen. Es haben also einst auch Menschen im Wald gelebt. Und ich soll herausfinden, was passiert ist?"

Schadoh streifte schnurrend zwischen ihren Beinen hindurch und ließ sich von dem Mädchen streicheln. „So ist es. Wir fürchten uns vor dem Verbotenen Hang. Er ist nicht natürlich. Er ist... wie die Keruben."

„Was meinst du damit?", fragte Aurora, jetzt noch hellhöriger geworden.

„Das wirst du schon sehen. Deshalb bist du ja hier."

Aurora gab auf. Sie hatte den Eindruck, Das Tier wollte oder konnte ihr nicht mehr erzählen. Außerdem wurde ihr langsam kalt. „Also schön. Ich werde gehen. Lange kann es ja nicht dauern. Aber ich hoffe, du wartest hier auf mich."

Das Mädchen atmete tief durch. Sie drehte sich um und trat vorsichtig in den Schatten der ersten Mauerreste, die sich düster aus dem schlammigen Untergrund schälten.

ZWEIUNDZWANZIG

Es dauerte nicht lange, da begann Aurora zu erkennen, warum diese Mauerreste vom Schnee verschont geblieben waren.

„Es ist warm", stellte sie fest, denn zum ersten Mal seit ihrer Ankunft formte sich ihr Atem nicht zu einer kleinen Wolke.

Aurora trat zu einem geschwärzten Steinquader und legte die Hand auf den Stein. Es fühlte sich an, als wäre er von einer prallen Sommersonne erhitzt worden. Sie ging weiter, und alsbald stellte sie fest, dass das gesamte Areal dem Winter trotzte und von einer unnatürlichen Wärme durchzogen war.

Doch außer den verkohlten Steinen und zerstörten Mauern gab es keinerlei Hinweise auf einstige Bewohner dieser beklemmenden Stätte. Wenn es jemals Möbel oder Gebrauchsgegenstände gegeben hatte, so ruhten sie vermutlich tief im Schlamm verborgen, oder hatten die Zeit nicht überdauert. Die Größe der Ruine sowie die Verteilung der Mauern deuteten darauf hin, dass dies vor langer Zeit ein einzelnes, gewaltiges Gebäude gewesen sein musste, mit zahllosen Zimmern, Fluren und weitläufigen Sälen.

Der Nachmittag schickte sein trübes Licht durch das schneeweiße Dach des Waldes, und Aurora merkte, wie sich beim Durchstöbern der Ruinen ihr Magen vor Hunger und Durst zusammenzog. Dennoch kehrte sie noch nicht zu Schadoh zurück. Die plötzliche Wärme und die Faszination, die von diesem Ort ausging, ließen sie alles andere verdrängen.

Den Mantel hatte Aurora auf einem Felsquader abgelegt. Gedankenversunken wanderte sie umher und strich mit den Fingerspitzen über jedes Stück des schwarzen Mauerwerks, das sie passierte. Ihren Atem hielt sie immer wieder für lange Momente an, so als befürchte sie, er könne den Zauber dieses Platzes verwelken lassen.

Ja, es musste wahrlich ein gigantisches Feuer gewesen sein. Was sonst hätte eine solche Vernichtung mit sich gebracht und eine unsichtbare Glut hinterlassen, die den Zorn dieses Infernos bis in den heutigen Tag überdauern ließ? Für Aurora fühlte sich dieser Ort ebenso unnatürlich an wie der niemals vergehende Schnee von Thyran Bàr.

Als sie um eine Mauer herumtrat, die fast doppelt so hoch war wie sie, fiel ihr Blick auf ein Muster auf dem lehmigen Boden. Sie schaute sich verwirrt um, aber sie war gänzlich allein. Schadoh war zurück geblieben. Die Silhouette der Katze war nirgends zu sehen. Ebenso mieden die Vögel diesen Platz. Weder Tier noch Mensch sollten hier herkommen, dachte Aurora traurig.

Sie wandte sich wieder dem Muster am Boden zu. Der Morast hatte sich an dieser Stelle in symmetrische Formen geteilt. Das Mädchen kniete sich nieder und drückte vorsichtig ihre Finger in den Schlamm.

Da!

Dicht unter der Oberfläche spürte sie etwas Hartes.

Behutsam strich Aurora den Gegenstand mit der Hand frei und erkannte schnell, was der Grund für das auffällige Muster gewesen war.

„Ein Gitter", sagte sie leise. „Hier liegt ein uraltes, metallenes Gitter im Boden."

Es sollte nicht das einzige bleiben...

Jetzt, wo sie bewusst danach Ausschau hielt, fielen ihr ähnliche Muster an vielen Stellen auf. Der gesamte Untergrund war von Gittern durchzogen, die vor ihrem inneren Auge das Bild von Zellentüren und Kerkern auferstehen ließen. Aber was war hier gefangen gehalten worden? Und wo war es hin?

Aurora erreichte die Stelle, an der sie ihren Mantel abgelegt hatte. Mit klopfendem Herzen nahm sie ihn wieder an sich. Die Erkenntnis, um was für ein Gebäude es sich vermutlich einst gehandelt haben mochte, schickte ihr trotz der warmen Luft einen eisigen Schauer über den Rücken. Sie wollte schnellstens wieder zurück zu Schadoh. Zurück in den Wald.

Als sie nach der Katze Ausschau hielt, fiel ihr noch etwas auf. Im Zentrum der Anlage erhoben sich zwei Steinmonumente, die eindeutig menschliche Formen besaßen. Zwei Statuen, die Feuer und Verfall überdauert hatten. Aurora blickte ein letztes Mal zum Waldrand, dann gab sie sich einen Ruck und wagte sich in Richtung der Statuen. Fast schon befürchtete sie, die finsteren Gesichter der zwei Mönche aus Thyran Bàr in den grauen Stein gemeißelt sehen zu müssen. Die Angst kroch ihr bei jedem Schritt tiefer in ihr wie wild schlagendes Herz. Als sie das Zentrum der Ruinen erreichte, wäre sie vor Schreck beinahe auf dem schlammigen Untergrund ausgerutscht.

Das konnte nicht wahr sein!

Was ging hier vor?

Die Statue des Mannes zu ihrer Linken besaß einen geflochtenen Bart und nach hinten gekämmtes

Haar. Die Skulptur trug eine wallende Kutte mit einer nach hinten geschlagenen Kapuze. Obwohl das Gesicht auf dieser Statue jünger aussah, erkannte Aurora den Mann sofort. Es handelte sich um Thyran Bàr, dessen übergroßes Abbild auf dem Marktplatz des Dorfes stand.

Der Mann zu ihrer Rechten hingegen war in weite Roben gekleidet. Sein langes Haar hing ihm über die breiten Schultern, und sein stolzer Blick ging über Aurora hinweg und verlor sich irgendwo in der Ferne.

Es gab keinen Zweifel...

Dies war der Mann aus ihrem Traum!

Der Mann auf dem Thron!

DREIUNDZWANZIG

An Schadohs Seite umfing sie die Abenddämmerung. Mit jeder Baumgruppe, die sie passierten, schien der Himmel wieder ein Stück dunkler geworden zu sein. Nur hin und wieder schimmerte der blutrote Sonnenuntergang durch die Stämme der Bäume. Die Kälte der aufziehenden Nacht kroch Aurora in die Glieder. Sie erinnerte sich, dass sie als Kind vom Anblick einer roten, untergehenden Sonne stets Hoffnung und Kraft geschöpft hatte. Das hatte sich seit ihrer Ankunft in Thyran Bàr ins Gegenteil verkehrt. Jetzt war sie den Gründen ihrer Zweifel und Ängste auf der Spur. Und den Antworten auf ihre Fragen. Aber wer konnte sie ihr geben?

Wer *wollte* sie ihr geben?

Sie hatte kaum etwas gegessen, nur an einem schmalen Rinnsaal ein wenig Wasser getrunken, und fühlte sich erschöpft und elend. Ihre Stiefel waren vom Schnee durchnässt, und ihre Nase lief ununterbrochen. Das Mädchen hatte keine Ahnung, wo die sprechende Katze sie hinbrachte. Schadoh hatte bislang noch keine Fragen zum Verbotenen Hang gestellt. Stumm hatten sie der Ruinenlandschaft den Rücken gekehrt und das Schweigen seitdem nicht gebrochen.

Als es so dunkel geworden war, dass Aurora zweimal auf den seifigen Wurzeln ausgerutscht war, erkannte sie in der Dunkelheit des Waldes eine pechschwarze Öffnung.

„Was ist das?", wisperte sie in Richtung der Katze.

Die Augen des Tieres glühten förmlich in der Finsternis. „Die Höhle des Roten Jägers. Dort finden wir Unterschlupf und Nahrung."

Nahrung in der Höhle eines Roten Jägers?, wunderte sich das Mädchen und sah sich inmitten von Lehmtöpfen sitzen, gefüllt mit Mäusekadavern und schleimigen Würmer, aus denen Katzen und Vögel schmatzend ihr Abendessen einnahmen. Aber blieb ihr eine Wahl?

Sie folgte Schadoh in die besagte Höhle. Während sie sich vortastete, fühlten ihre Hände zu allen Seiten feuchtes Holz, alt, knorrig, verwurzelt, lebendig...

Ich bin im Inneren eines Baumes, schoss es ihr durch den Kopf. Es konnte nicht anders sein.

Langsam fiel der Stollen nach unten ab, und allmählich wich der Frost, und eine erdige Wärme begann, die Luft um sie herum zu füllen.

„Wo bist du? Ich sehe nichts", flüsterte Aurora in die konturlose Schwärze hinein.

Schadoh bewegte sich wie jede andere Katze absolut lautlos, und Aurora hatte bei jedem Schritt Angst, ihr auf den Schwanz zu treten.

Erst ein leicht entferntes Maunzen sie aufforderte, ihren Weg fortzusetzen, überwand Aurora den kurzen Moment klaustrophobischer Panik. Schließlich erreichten sie ihr Ziel.

Der verwurzelte Gang formte sich zu einer Kaverne, deren Wände nur noch aus Erde bestanden. Aurora konnte beinahe aufrecht darin stehen, aber sie war zu müde und ließ sich mit dem Rücken zur Wand auf dem lehmigen Boden nieder. Zu ihrer Überraschung ertastete sie dort eine Art Lagerstätte.

Sogar eine Decke schien dort zu liegen. Alles groß genug für einen Menschen.

Hatten die Tiere sie erwartet?

Möglicherweise hatte Nocturnus dafür gesorgt. Aber Aurora war zu erschöpft, zu durchgefroren und zu hungrig, als dass sie weitere Gedanken daran verschwendete. Sie zog ihre nassen Stiefel und Socken aus, kauerte sich unter die Decke und schloss die Augen.

Hier unten im Erdreich war es warm. Ein sanftes Schnurren verriet ihr die Nähe von Schadoh. Tatsächlich spürte sie kurz darauf den leichten Druck eines Katzenkörpers auf ihren Beinen. Schadoh schlich behutsam über sie hinweg, nur um sich am Kopfende niederzulassen. Das Schnurren war jetzt ganz dicht an ihrem Kopf.

Irgendwo in der Höhle schlich noch ein Tier über den Erdboden. Und aus der gegenüberliegenden Ecke vernahm Aurora das leise Rascheln von Gefieder.

Sie spürte, wie ihr eigener Körper immer schwerer wurde und ihr Atem immer ruhiger...

...während um sie herum das Rascheln und Tapsen von Pfoten und Krallen zunahm.

Als das Mädchen widerstandslos in den Schlaf glitt, begann ein Gemurmel und Gezische, ein Gewisper und Geraune, die kleine Höhle im Untergrund der Bäume zu erfüllen.

„Wieso hast du sie hierher gebracht?"

„Schon wieder ein Mensch. Das ist nicht gut."

„Sie ist diejenige, die noch Kontakt hat."

„Kontakt? Zu wem?"

„Sie kam nicht allein in jener Nacht, das weißt du genau."

„Sie wird von Wächtern verfolgt. Dabei ist sie kaum zwei Tage hier. Sie muss von Bedeutung sein."

„Vielleicht suchen die Wächter auch den Jungen, und nicht sie."

„Ja, aber wo ist er hin?"

„Er ist fort. Er ist zum Fluss gegangen."

„Zum Fluss?"

„Dann ist er ein Verräter!"

„Oder ein Narr."

„Dann ist er verloren."

„Sein Herz war voller Unruhe."

„Sie sind sich ähnlich, der Junge und das Mädchen. Beide gehören nicht hierher."

„Ich sage, das tun wir alle nicht."

„Aber die Menschen sind anders. Sie leben den Traum ohne Widerspruch."

„Und diese zwei nicht?"

„Nein, sie wissen um das Rätsel. Sie suchen nach Antworten."

„Das tun wir auch."

„Schon viel zu lange."

„Sie war am Verbotenen Hang."

„Bist du von Sinnen?"

„Wer hat sie dort hin gebracht?"

„Es ist ein verfluchter Ort, wo die Geister der Zeit umherstreifen."

„Aber sie ist heil zurückgekehrt."

„Was ist dort geschehen?"

„Sie hat etwas gefunden. Etwas erkannt und verstanden. Doch weiß ich noch nicht, was es war."

„Typisch!"

„Finde es heraus. Bevor die Wächter in den Wald kommen, um sie zu holen."

„Oder ihn."

„Oder beide."

„Oder uns."

„Nie zuvor war die Entschlüsselung des Geheimnisses vom Verbotenen Hang so nah."

„Nie zuvor haben Menschen in der Höhle des Roten Jägers geschlafen."

„So ist es."

„Wir sollten es der Menschentochter nun gleichtun."

„Ein wahres Wort."

Es dauerte nicht lange, da kehrte Stille ein. Kein Rascheln war mehr zu hören, kein Schnurren und kein Tapern. Kein Flüstern und kein Raunen. Die Finsternis in der Höhle des Roten Jägers füllte sich mit Schlaf und dem gleichmäßigen Schlagen vieler Herzen.

VIERUNDZWANZIG

Dies ist ihr Schlaf. Ihre Ruhe. Ihr Traum.

Aber sie ist nicht allein. Sie fühlt ihren Körper auf der Schlafstätte. Er ist warm. Sicher. Geborgen. Aber sie ist nicht allein. Sie spürt das weiche Kissen unter ihrem Haar und die weichen Daunen in der Decke, die sie einhüllt.

Ist sie wach? Ja, wie sonst könnte sie darüber nachdenken? Sie spürt einen matten Schimmer.

Sie öffnet die Augen.

Sie liegt auf einem Himmelbett. Es ist mit purpurnem Tuch bespannt. An den Ecken des Himmels über ihr leuchten sternenförmige Lichter und spenden ein schummriges Licht. Sie schweben in der Luft, ganz wie vom Firmament weit entrückte Sterne.

Sie hat Durst. Der Krug mit Wasser steht gleich auf dem Nachttisch. Sie trinkt und trinkt, doch ihr Durst nimmt nicht ab. Sie stellt den leere Krug zur Seite, als ein weiterer Lichtschein ihre Aufmerksamkeit einfängt. Eine Pyramide, am Fußende des Bettes, funkelt in einem schwachen Smaragdgrün.

Sie geht um das Bett herum, lässt ihre alte, faltige Hand über die Pyramide gleiten und spürt, wie alte Zweifel und Sorgen erneut aufkeimen und sich tief in ihren Geist bohren.

Etwas tut sich.

Jemand ist noch wach und arbeitet.

Aber woran?

Er ist es!

Aber warum?

Was macht er so spät nachts noch in seinem Labor?

Vielleicht sollte sie ihn überwachen lassen?

Es kann nicht schaden, wenn ihm jemand auf die Finger schaut. Vielleicht hätte das schon viel früher geschehen müssen. Ihr Herz wird schwer von der Last verdrängter Sorgen.

Aber vielleicht sucht er nur nach ihr. Oder nach dem Mörder.

Vielleicht sind all die Befürchtungen umsonst...

Sie legt sich zurück auf die Matratze und lässt den schlaftrunkenen Blick mit dem Schimmer der unwirklichen Sterne des Himmelbettes verschmelzen.

Wo steckt Josua bloß? Wer weiß, welches Unheil er anrichten kann?

Und wo bist du, geliebte Aurora? Wo steckst du nur?

Bist du in Gefahr?

Aurora? Aber das bin doch ich.

Wie kann das sein?

Nein, ich bin nicht Aurora.

Doch!

Aber ich bin doch ich.

Wie kann das sein?

Und wer ist Zephryn Kòr?

Die Sternenlichter drehen sich. Das Purpur des Himmels flackert auf wie ein aufloderndes Feuer. Dann erlischt aller Sternenglanz und aus purpurnen Flammenzungen wird die Dunkelheit einer traumlosen Nacht im Nirgendwo geboren.

Ohne Lichter.

Ohne Namen.

FÜNFUNDZWANZIG

Aurora erwachte im Dunkeln.

Sie brauchte einen Moment, um sich in Erinnerung zu rufen, wo sie sich befand. Schadohs warmer Körper war verschwunden und ebenso alle anderen Geräusche und Stimmen, die sie durch ihren Schlaf begleitet hatten. Die einzigen anwesenden Begleiter waren nagender Hunger und ein starkes Übelkeitsgefühl, was auf die Anstrengungen des letzten Tages zurückzuführen war. Zudem hatte sie kaum getrunken.

Aurora wälzte sich aus dem Nachtlager und kroch vorsichtig über den Lehmboden. Wenigstens war es nach wie vor angenehm warm in der unterirdischen Höhle. Nach einer Weile fand sie die Öffnung, hinter welcher der Tunnel langsam anstieg. Die Wände waren bewuchert mit knorrigem Wurzelwerk.

Je näher sie der Oberfläche kam, desto besser begannen ihre Augen, die Umrisse der engen Umgebung wahrzunehmen. Also war die Sonne draußen bereits aufgegangen. Auf den letzten Metern erkannte das Mädchen, dass sie tatsächlich durch ein großes Loch in einem gewaltigen Baumstamm hinab in das Erdreich geklettert war. Trotz des Loches war der Baum nach wie vor lebendig, seine Wurzeln fest und stark, die Rinde gesund.

Sie trat hinaus und sog begierig die frische Luft in ihre Lungen. Ihre Hände waren von einer Lehmschicht verkrustet, ihr Mantel dreckig und an einer Stelle gar ein wenig eingerissen. Aurora strich sich eine Strähne aus dem Gesicht und blickte sich um.

Wo war Schadoh?

Wo war Nocturnus?

Wo sollte sie etwas zu essen herbekommen?

Und spielte ihr die Einbildung einen Streich, oder duftete es hier in der schneebedeckten Wildnis etwa nach Gewürzen und Kräutern?

Wachsam schlich Aurora um den majestätischen Baumstamm herum, als sie das Brodeln von kochendem Wasser und ein Summen vernahm. Mit großen Augen starrte sie den jungen Mann an, der, vor einer Feuerstelle hockend, einen Topf über das Feuer hielt. Er war kaum älter als sie und trug ebenfalls einen der gefütterten Wintermäntel aus Thyran Bàr. Sein dunkles Haar hing ihm gewellt über die Schultern.

Jetzt drehte der Junge sich zu ihr um. Seine Augen lagen in tiefen Schatten, die Pupillen waren fast schwarz und die Lippen leicht bläulich, so als hätte er die Nacht im Freien verbracht. Ein Lächeln huschte über seine blassen Züge.

„Suppe?"

Aurora wusste nicht, was sie antworten sollte. Sie ließ ihren Blick durch den Wald gleiten. Offenbar waren sie allein.

„Es ist vielleicht nicht das beste Frühstück, aber es wird uns gut tun", sagte der Fremde.

„Und er ist die halbe Nacht dafür durch die Kälte gestiefelt", tönte eine krächzende Stimme von einem Baum.

„Nocturnus!", rief Aurora, erleichtert, endlich ein bekanntes Gesicht zu sehen, selbst wenn es einem Raben und keinem Menschen gehörte.

„Der Rabe hat mich gestern am Fluss abgefangen und mir von dir erzählt", sagte er. „Zuerst hielt ich es für keine gute Idee, zurück zu kommen. Aber als Nocturnus mir deinen Namen nannte, da fühlte ich..., nun, ich hatte das unbestimmte Gefühl, ich dürfe dich nicht allein hier im Wald lassen."

„Du wolltest zum Fluss?" Aurora trat zur Feuerstelle und hielt ihre Hände über die Flammen. „Hast du denn keine Angst vor den Keruben?"

„Natürlich hatte er Angst", krächzte es vom Baum. „Sonst hätte ich ihn nie einholen können. Aber der gute Josua hatte sich einfach nicht auf die andere Seite getraut."

„Josua", flüsterte das Mädchen verblüfft. „*Du* bist Josua?"

„Ja, das ist mein Name. Und du heißt Aurora, nicht wahr?"

„Ich..., ich hatte geglaubt, wenn wir uns treffen, dass ich ..., dass ich dich..."

„...wieder erkennen würde? Hm, so ging es mir auch, als ich von Nocturnus deinen Namen hörte. Irgendetwas in mir sagte, ich solle umkehren. Etwas sprach zu mir und gab mir zu verstehen, wir würden uns nah sein. Aber jetzt... Nein. Ich kenne dich nicht. Es tut mir leid."

„Was meinst du mit *nah*?", fragte Aurora unsicher.

„Ich weiß nicht. Vielleicht Freunde?" Josua spähte prüfend in den Topf mit der Suppe. „Hmm, sollte gleich fertig sein."

„Seit wann bist du schon hier?"

„Ich erwachte vor drei Nächten auf dem Marktplatz dieses seltsamen Dorfes. Dort traf ich diese Katze."

„Schadoh?"

Josua nickte. „Sie sprach zu mir, aber ich hörte kaum zu. Mein Kopf brannte wie Feuer, und ich konnte keinen klaren Gedanken fassen."

„Und mir war damals", rief Aurora aufgeregt, „als hätte ich etwas Wichtiges vergessen. Es war alles nicht so, wie es sein sollte. Gwen und Rufus aus dem Dorf sagten mir, das wäre nur der Schock, den alle Flüchtlinge erleiden müssen. Aber das glaube ich nicht."

„Und was glaubst du?", fragte Josua.

Seine Augen musterten sie aufmerksam. Im Gegensatz zu ihrer unangenehmen Begegnung mit diesem Lorki empfand sie den prüfenden Blick dieses Jungen allerdings nicht aufdringlich. Im Gegenteil, sie verstand plötzlich, was er mit *nah* gemeint hatte. Sie fühlte es auch.

„Ich glaube", sagte Aurora und hielt seinem Blick stand, „dass die Mönche oder die Keruben etwas mit uns getan haben, um uns alle hier festzuhalten. Aber ich kenne noch nicht den Grund. Den Menschen in Thyran Bàr geht es nicht schlecht. Sie leben ihre Leben, auch wenn sie sich nicht trauen, die Grenzen ihres Dorfes zu verlassen. Sie sind abhängig von den Mönchen, denn nur von ihnen erhalten sie Nahrung."

„Ich habe keinen dieser Mönche gesehen. Aber die Tiere sprachen von Wächtern..."

„Wächter oder Mönche, das macht keinen Unterschied", unterbrach ihn Aurora. Sie war so froh, endlich ihre Geschichte mit jemandem teilen zu können, der ähnlich empfand, der sie verstand. „Was ist dann geschehen?", fragte sie. „Nachdem du auf dem Marktplatz erwacht bist?"

Josua stellte den heißen Topf in den Schnee. Es zischte. „Fliehe! Das war das Wort, was mir meine Gedanken versengte. Ich konnte an nichts anderes denken. Fliehe! Fliehe!, schrie eine innere Stimme. Immer und immer wieder. Also floh ich. Aus dem Dorf hinaus und hinein in den Wald. Später jedoch kehrte ich heimlich zurück und besorgte mir Essen und Trinken, sowie einen Mantel, der mich vor der Kälte schützt."

Aurora brauchte eine Weile, um die Wirkung dieser Worte zu verarbeiten. Wovor fliehen? War Josua doch nur ein Flüchtling aus dem Kampf mit den Keruben? Machten all die Geschichten und Ängste der Dorfbewohner letztendlich doch einen Sinn?

„Was war *dein* erster Gedanke, als du auf dem Marktplatz erwacht bist?", fragte der Junge nach einer Weile.

Aurora zögerte mit ihrer Antwort.

Sie blickte ihm tief in die Augen, holte Luft, und sagte dann: „Josua. Das war das Wort, das mir als erstes über die Lippen kam."

Als sie das Erstaunen in seinen Pupillen sah, fuhr sie mit leiser Stimme fort, ohne die unsichtbare Brücke ihrer Blicke zu brechen: „Ja, ich sprach als erstes *deinen* Namen, obwohl ich dich gar nicht kannte."

SECHSUNDZWANZIG

Das Rinnsal rann plätschernd zwischen Baumstämmen und dichtem Buschwerk. Das Wasser war eiskalt, und zeitweise schwammen gar Eisstückchen auf der Oberfläche. Aurora war es egal. Ihre Hände fühlten sich spröde an und ihr Körper schmutzig und müde. Als sie den Mantel auszog und sich frei machte, griff die Kälte so unbarmherzig nach ihrer zitternden Haut, dass es wehtat. Sie ignorierte den Schmerz so gut sie konnte. Die heiße Suppe hatte sie von innen ein wenig gewärmt, und auch die Nacht in der Höhle war wohlig warm gewesen. Den Frost für kurze Zeit zu erdulden würde sie schon nicht umbringen. Zuerst wusch sie ihre Hände, dann ihr Haar, und schließlich fuhr sie mit Füßen, Beinen und dem Rest ihres Körpers fort. Jedes Mal erzeugte die Berührung mit dem Wasser aufs Neue einen eisigen Schauer, doch sie ließ es prustend über sich ergehen. Auch ihren Mantel säuberte sie so gut sie konnte. Dann schlüpfte sie barfuss in ihre Stiefel und wickelte sich in Josuas Decke aus der Höhle.

Gerade wollte sie sich auf den Rückweg zum Baum machen, als sie ein Schnaufen von jenseits des Baches vernahm. Ein Biber mit braunweißem Pelz hatte sich am anderen Ufer herangepirscht und tauchte seine Schnauze vorsichtig in das eisige Wasser, um zu trinken. Allerdings hob er immer wieder den Kopf, um sich zu vergewissern, dass der Mensch dort drüben nichts Böses im Schilde führte.

Aurora lächelte. „Na du? Keine Angst, der Bach gehört dir. Ich bin schon fertig."

Der Biber legte den Kopf schief zur Seite, dann sprang er plötzlich auf und war mit einer flinken Bewegung hinter den nächsten Büschen verschwunden.

„Sind wohl nicht alle Tiere im Wald so gesprächig", dachte Aurora ein wenig enttäuscht.

Sie drehte sich um und prallte gegen den Oberkörper eines Mannes, der direkt hinter ihr gestanden hatte.

„Wohin denn so schnell?"

Es war Lorki! Der Kerl aus dem Dorf!

Aurora wollte zurück weichen. Blitzschnell hatte Lorki seinen Griff um ihr Handgelenk geschlossen.

„Au, du tust mir weh, Schwachkopf!"

„Nicht so laut, Kleine. Du willst doch nicht, dass ich mit deinen Freunden so umgehen muss, wie mit diesem Unglücksboten hier", zischte Lorki zwischen seinen schiefen Zähnen hervor.

Während er Aurora mit der einen Hand festhielt, zog er die andere hinter seinem Rücken hervor.

Dem Mädchen stockte der Atem!

„Sie war ein bisschen zu neugierig", hauchte Lorki ihr ins Ohr.

Der Geruch seiner fauligen Zähne sowie der Anblick der toten Katze, die der Mann am Schwanz hielt und vor Auroras Augen hin und her baumeln ließ, löste ein unsagbares Gefühl der Abscheu und Übelkeit in ihr aus.

Dann lockerte der Blondschopf kichernd seinen Griff, und die Katze fiel in den Schnee.

Aurora konnte den entsetzten Blick nicht von ihr wenden. Zwar blutete das Tier nicht mehr, was darauf schließen ließ, dass sie schon eine Weile tot war, aber die klaffende Wunde an ihrer Seite blieb unübersehbar.

Irgendwo schreckte ein Vogel aus den Bäumen und flatterte davon. Feiner Schnee rieselte von den Baumkronen auf die beiden hinab.

Lorki zog ein langes Messer hervor. Ein widerliches Grinsen zog sich über sein Gesicht.

„So, und jetzt plaudern wir zwei Hübschen mal unter vier Augen."

Lorki zog sie noch ein wenig näher an sich heran. Als sie sich widersetzte, fuchtelte er drohend mit der Klinge. „Du sagst mir jetzt, was hier los ist! Ich habe es in deinen großen Augen gesehen, gleich am ersten Tag! Du gehörst hier nicht her! Du..., du erinnerst dich an die Zeit *vorher*..."

„*Vorher*? Was meinst du? Du bist ja verrückt!"

„Verrückt?" Lorkis Miene verdüsterte sich. „Noch nicht. Aber vielleicht bald. Dieses Dorf macht mich nämlich verrückt. Diese Dummköpfe machen mich verrückt. Es gibt dort nichts für mich, keinen Schnaps, kein Gold und keine Frauen. Jedenfalls keine, die mir gefallen."

„Das beruht bestimmt auf Gegenseitigkeit!", presste Aurora hervor, „Ich bin sicher, dass ein Dutzend hübscher Prinzessinnen jenseits des Waldes schon auf dich warten."

„Vielleicht habe ich meine Prinzessin ja schon gefunden", grinste Lorki breit, doch der Ausdruck seiner Augen blieb kalt.

„Lass mich endlich los, du tust mir weh! Was willst du?"

„Hör zu, ich bin es leid, nur ein Spielball der Mönche zu sein. Weißt du, dass ich nachts träume?"

„Ich kann es kaum erwarten, mehr darüber zu hören", spottete Aurora zornig, aber sie spürte auch, wie ihr langsam Tränen in die Augen stiegen. Ihre Kehle schnürte sich ängstlich zusammen, aber sie kämpfte dagegen an. Sie würde ihn ihre Furcht nicht sehen lassen. Niemals!

„Ich träume nachts von Sommer und Wärme, von Schiffen auf einem großen Meer, von betrunkenen Weibern und gefüllten Weinkrügen in prall gefüllten Schankstuben. Ich träume von Goldstücken, mehr als ich tragen kann. Ich träume von einer Zeit, in der ich jemand war, der sein Leben selbst bestimmen konnte. Aber nun bin ich hier! Verstehst du? Hier, in Thyran Bàr, wo alle gleich sind. Wo wir verhungern, wenn die Mönche nicht kämen. Wo wir nicht weg können. Und weißt du, Prinzessin, was das Schlimmste daran ist? Weißt du das?"

Aurora schüttelte den Kopf. Sie konnte die Tränen nicht länger unterdrücken, denn Lorki ließ das Messer wie eine abartige Liebkosung durch ihr Haar gleiten. Sie sah die Blutflecken auf der Klinge und zwang sich, nicht auf den toten Tierkadaver zu ihren Füßen zu starren. Die schreckliche Befürchtung, es könne sich um Schadoh handeln, hielt sie davon ab.

„Das Schlimmste ist, dass ich nicht weiß, ob meine Träume die Wahrheit sind und dieses Leben hier nur ein böser Traum, oder aber ob ich wirklich verrückt werde."

„Und was willst du von *mir*?", wimmerte Aurora.

Lorkis Griff war bei seinen letzten Worten noch fester geworden, so dass sie glaubte, er wolle ihr den Arm abreißen.

„Du, Prinzessin", fauchte er ungeduldig, „du hattest diesen seltsamen, diesen zweifelnden Blick, als ich dich das erste Mal in Thyran Bàr sah. Und dann tauchen zwei Mönche auf und fragen nach dir. Ich habe sie und Cryptus belauscht. Sie suchen dich und einem Kerl namens Josua. Und sie sind sehr ungemütlich geworden, als sie euch im Dorf nicht fanden. Ich brauchte nicht lange zu überlegen. Ich bin ja nicht dumm, weißt du! Der Wald, sagte ich mir. Die Süße ist bestimmt in den Wald gelaufen. Wahrscheinlich hast du dich von den gespalteten Zungen der Tiere verleiten lassen." Lorki spuckte verächtlich auf die tote Katze. „Denn niemand geht freiwillig in den Wald!"

„Du bist doch auch hier!", giftete Aurora zurück.

„Ich hatte Glück, bin schnell auf Spuren gestoßen und ihnen gefolgt. Und dann habe ich dich hier unten am Bach gesehen. Hätte niemals gedacht, dass es so einfach wäre, dich zu finden. Du hast die Wahl, Kleine! Entweder du erzählst mir die ganze Wahrheit und bringst mich von hier fort, oder ich bringe dich zu den Mönchen." Lorkis Grinsen ließ sie zusammenzucken. „Nachdem wir uns besser kennen gelernt haben, versteht sich..."

„Erinnerst du dich noch an unserer erste Begegnung?", fragte Aurora und wischte sich mit der freien Hand die Tränen aus dem Gesicht.

„Oh ja." Lorkis Grinsen wurde noch breiter.

„Ich wiederhole mich nur ungern, aber du und ich, das passt wirklich nicht!"

Noch bevor Aurora zu Ende gesprochen hatte, trat sie mit aller Kraft und Wut zu!

Sie ignorierte die scharfe Klinge an ihrem Kopf, den eisernen Griff, das kaltblütige Funkeln in den Augen des Mannes, einfach alles. Ihr Zorn hatte im letzten Augenblick den Kampf gegen die Angst gewonnen, und ohne weiter zu überlegen, ließ sie sich von dieser Welle hinfort tragen.

Ihr Tritt traf Lorki gänzlich unvorbereitet zwischen die Beine. Er stöhnte laut auf, ließ die Klinge fallen und sank wimmernd auf die Knie in den Schnee.

Aurora riss sich von ihm los und landete einen zweiten, erbitterten Treffer mit ihrem Stiefel im schmerzverzerrten Gesicht des blonden Mannes. Blut spritzte über das Weiß des Waldbodens, und Lorki sackte jaulend zur Seite.

Mit einem Satz wollte sie an ihm vorbei, aber er erwischte sie am Fußgelenk. Sie stolperte, fiel, schlug mit dem Kopf in den Schnee.

Sofort versuchte das Mädchen, wieder auf die Beine zu kommen, aber eine Hand umklammerte ihren Knöchel.

Ihre Stiefelsohle krachte ein weiteres Mal in Lorkis blutige Fratze.

Schrill aufheulend ließ er von ihr ab.

Aurora rappelte sich auf und gewann humpelnd einige Meter Abstand.

„Bleib stehen!", brüllte Lorki, wie von Sinnen. „Bleib stehen, oder du hast mein Messer im Rücken, du Schlange!"

Sie wandte sich um, sah, wie er sich mühsam aufrichtete, in der Hand die Klinge wie ein Wurfmesser haltend. Blut rann ihm über die Schläfen. Sie waren vielleicht fünf Meter voneinander entfernt, nicht mehr.

„Bleib stehen...", keuchte Lorki.

In diesem Moment sauste ein schwarzer Schatten aus der Luft auf ihn hinab. Der scharfe Schnabel traf den jungen Mann am Kopf und ließ ihn zurücktaumeln. Wie ein Blitz schoss der Rabe wieder in die Höhe und verschwand in den silbrigen Baumwipfeln. Dann stürzte ein Schemen aus dem Dickicht und warf sich auf Lorki. Der Angriff kam so unerwartet, dass Lorki keine Chance zur Verteidigung blieb. Ehe er sich versah, war er auf den Rücken geworfen worden und spürte seine eigene, blutbefleckte Klinge am Hals.

Josua hockte auf Lorkis Brust. Auf seinen Zügen war keine Spur von Mitleid zu erkennen.

„Eine falsche Bewegung und ich schlitz dich auf", zischte Josua.

„Das... wagst du nicht..."

„Es wäre nicht das erste Mal!"

Als Josuas Blick den von Aurora traf, waren beide von der Wucht dieser Wahrheit schockiert, die so unvermittelt aus den Tiefen seines Unterbewusstseins hervor gekrochen war.

SIEBENUNDZWANZIG

Nocturnus kauerte auf einem Zweig hoch oben im Baum. Immer wieder ließ der Rabe seinen Blick über das stille Waldland gleiten, so als vermutete er weitere Männer, die sich von einem Augenblick auf den nächsten aus der friedlichen Winterlandschaft lösen könnten. Aber alles blieb ruhig.

Unter ihm, an den Baumstamm gelehnt, saß Lorki im Schnee, unverständliche Worte vor sich hin stammelnd. Die Platzwunde war mit einem abgerissenen Stück Hemdstoff verbunden, doch das Blut hatte seinen Mantel dunkel gefärbte und verlieh dem jungen Mann eine unheilschwangere Aura.

Aurora und Josua standen abseits in sicherer Entfernung. Josua hatte das Messer im Schnee gereinigt und hinter seinen Gürtel geklemmt. Mit vor der Brust verschränkten Armen standen sie schweigend da und musterten den wirr vor sich hin Stotternden.

„...Boten des Unheils... was tue ich bloß... im Wald... verboten... gefährlich... Strafe für Ungehorsam... Tod... Wald... Grenze überschritten... was tue ich bloß... gefährlich... Blut und Tod... der Wald... die Boten des Unglücks... sie sind überall hier... sie kennen mich jetzt... der Wald... was tue ich bloß...“

So ging es ununterbrochen weiter, bis Josua der Kragen platzte und er Lorki unsanft aus dessen Hirngespinsten riss.

„Vorhin hattest du weniger Angst, du Jammerlappen! Mit einem Messer in der Hand fühlst du dich wohl stark, was?"

Lorki blickte kurz auf, dann senkte er den Kopf und zischte etwas, das wie ein Fluch klang.

Aurora legte Josua beruhigend die Hand auf die Schulter. Dann trat sie einen Schritt vor und kniete sich in den Schnee, um auf einer Augenhöhe mit ihrem Peiniger zu sein. Sie musste sich arg zusammenreißen, um ihre Stimme im Zaun zu halten. Nach wie vor raste ihr Herz, denn es hatte nichts von der Bedrohung vergessen. Aber sie brauchte Antworten. Sie durfte Wut und Furcht jetzt nicht nachgeben.

„Was wollen die Mönche von mir?", fragte sie und nahm erleichtert wahr, dass ihre Stimme fest und besonnen klang.

„Sie wollen dich holen", kicherte er gehässig. Einige Tropfen Blut folgten den Worten und landeten vor ihm im Schnee, wo sie in einsickerten. „Dich und ihn!"

Aurora hörte, wie Josua zu einer Antwort ansetzen wollte, aber sie hob die Hand und bedeutete ihm, seinen Ärger herunter zu schlucken. Vorerst zumindest.

Josua schwieg.

„Sie haben Cryptus aufgesucht, weil er als einziger der Mönche ständig im Dorf ist, nicht wahr?! Wohin bringen die Mönche die Menschen, wenn sie sie mit sich nehmen?"

Lorkis Gebrummel verstummte. Die Bilder, die Aurora in seinem Kopf auferstehen ließ, verdrängten Scham, Schmerz und Schock. Er fand Halt in ihrer ruhigen Art, mit ihm zu sprechen, so als wäre nichts zwischen ihnen vorgefallen. Er hob den Kopf und sein trüber Blick klärte sich zusehends.

„Niemand weiß, wie sie ins Dorf gelangen", sagte er leise. „Plötzlich sind sie einfach da. Ebenso wie ihre Gaben morgens einfach auf dem Marktplatz stehen. Und niemand weiß, wohin sie verschwinden. Doch immer schneit es, wenn die Mönche am Werk sind. Immer. Ich will nicht darauf warten, dass sie auch mich eines Tage holen. Ich will nicht gegen die Keruben kämpfen."

„Du meinst, es schneit nur, wenn die Mönche euch Flüchtlinge bringen, oder abholen, wenn sie kommen, um mit euch zu sprechen oder aber euch Nahrung und andere Dinge hinterlassen?"

„Ja."

Aurora und Josua wechselten einen Blick. Was ging hier vor?

Dann fragte Josua: „Und ihr habt diesen Cryptus niemals näher über die Mönche und den Krieg gegen die Keruben befragt?"

„Cryptus ist der Dorfoberste. Ein Mönch. Er trägt die purpurne Robe des Ordens, und er trägt das Zepter. Er ist der einzige, der die anderen Mönche empfängt, und der weiß, woher sie stammen. Er ist der einzige in Thyran Bàr, der jemals einen Keruben besiegt hat", sprudelte es aus Lorki heraus, und es wurde schnell klar, dass er nur in großer Scheu über den mächtigsten Mann im Dorf Rechenschaft ablegen wollte. Die Ehrfurcht der Dorfbewohner vor den Mönchen mochte unter der Last starker Gefühle wie Wut, Gier, Neid oder Furcht zeitweilig verblassen, doch jetzt, wo er niedergeschlagen auf dem eisverkrusteten Waldboden kauerte, da ergriff der lang anerzogene Respekt und die verlangte Demut wieder die Oberhand.

„Woher weißt du, dass er einen Keruben besiegt hat?", hakte Aurora misstrauisch nach.

„Ich habe ihn gesehen...", flüsterte er ängstlich und blickte sich rasch um.

„Gesehen? Wo?"

„Der alte Cryptus hat einen von ihnen in seinem Keller aufgebahrt." Lorkis Blick war von Entsetzen erfüllt. „Niemand weiß, dass ich es gesehen habe. Aber ich war dort. Heimlich. Ich sollte ihm etwas zu essen bringen, aber er war noch nicht zurück und die Tür nicht abgeschlossen. Ich ..., ich bin in sein Haus und da, im Keller, da lag... da lag... Zu Stein erstarrt. Die Macht der Mönche hat ihn zu einem toten Felsbrocken werden lassen! Versteht ihr jetzt, warum ich endlich von hier fort will? Mönche, Keruben, die verwunschenen Tiere des Waldes, der ewige Winter, ich habe genug von alledem! Und diese elenden Träume von Freiheit in meinem Kopf... Ich halte es nicht länger aus! Ich will weg von hier, ich drehe noch durch." Er senkte den Kopf und umklammerte mit beiden Händen seine Schläfen. Alsbald fiel er wieder zurück in sein undeutliches Gestammel.

Aurora erhob sich und gemeinsam mit Josua ging sie ein paar Schritte in Richtung Bach, so dass Lorki ihre Unterhaltung nicht hören konnte. Bedächtig sog das Mädchen die Winterluft in ihre Lungen, dann entließ sie den Atem in einer Wolke aus feinem Nebel.

„Ich denke, es wird Zeit, diesen Keruben einen Besuch abzustatten. Ich möchte mir ein eigenes Bild von ihnen machen."

Josuas dunkle Augen verengten sich. „Du willst zurück ins Dorf und in den Keller dieses Cryptus einbrechen?"

„Nein, ich will zum Fluss und sehen, was dahinter liegt."

Bei diesen Worten stieß Nocturnus einen hohen Schrei aus, schwang sich mit kräftigen Zügen hinauf in den Himmel und verschwand.

Aurora nahm ihre feuchte Kleidung von einem der Äste, schlang sich die Decke enger um ihren zitternden Oberkörper und ließ Josua allein am Bach zurück.

Nachdenklich schaute er ihr hinterher.

Dann zog er das Messer aus seinem Gürtel, schritt auf Lorki zu, kniete sich direkt vor ihn, und ließ die im Sonnenlicht aufblitzende Klinge dicht vor dessen Augen kreisen. „Mach dass du fort kommst! Das nächste Mal werde ich nicht zögern."

Lorki starrte für einen Moment in sein verunstaltetes Spiegelbild auf dem reflektierenden Metall. Er nickte, zog sich stöhnend am Baumstamm hoch und eilte hinfort, ohne sich umzublicken, zurück in Richtung des Dorfes.

Josua wartete, bis das grenzenlose Weiß des Waldes ihn verschluckt hatte. Niemand sah sein zufriedenes Lächeln, als er das Messer wieder unter seinem Mantel verschwinden ließ und Auroras Fußspuren zur Höhle des Roten Jägers folgte.

ACHTUNDZWANZIG

„Wie geht es dir?", fragte der Junge, als Aurora aus der Höhle im Baumstamm an die frische Luft trat.

Die riesenhafte Buche breitete ihre Verästelungen zu einer schneebeladenen Kegelform aus, die sich über ihren Köpfen beeindruckend in den Himmel schraubte. Es war mit Abstand der gewaltigste Baum, der ihr jemals untergekommen war, von der ungewöhnlichen Aushöhlung im Stamm und der Höhle unter dem Wurzelwerk ganz zu Schweigen.

„Mir geht es gut."

„Ich glaube nicht, dass er zurückkommt."

„Natürlich nicht", sagte sie knapp angebunden und schnallte das Kochgeschirr mit einer Schnur zusammen.

Josua hatte bei seinem letzten Besuch in Thyran Bàr noch einen Wasserschlauch aus dem Dorf mitgehen lassen, den sie jetzt mit klarem Wasser des Baches gefüllt hatte.

„Ich hatte ihn einmal gewarnt, und er wollte nicht hören. Jetzt hat er seine zweite Warnung erhalten, und ich denke, *diese* Lektion vergisst er so schnell nicht mehr. Kümmern wir uns lieber um den Fluss und das, was dahinter liegt."

Für Aurora schien das Thema damit erledigt und Josua beschloss, es kein weiteres Mal anzusprechen.

„So wollt ihr wirklich gehen?", erklang eine Stimme aus dem Wald.

Die beiden drehten sich überrascht um, aber niemand war zu sehen.

„Schadoh?", rief Aurora.

„Pah! Du hältst den Roten Jäger doch nicht etwa für eine großtuerische Katze? Soweit kommt es noch", drang es aus dem Dickicht der Büsche und Sträucher.

Aurora blickte zu Josua, aber der zuckte nur hilflos mit den Schultern.

„Dann zeige dich, Roter Jäger", forderte das Mädchen den unbekannten Rufer auf.

Sie brauchten nicht lange zu warten. Ein rötlicher Körper schob sich unter einem Beerenstrauch hervor. Die Nase schnüffelte am Boden, die Augen funkelten aufmerksam.

Ein Fuchs.

„Du bist der Rote Jäger?"

„Vortrefflich spekuliert", erwiderte der Fuchs und rieb sich mit einer Pfote über die Schnauze. „Wie ich am Ton deiner Stimme erkenne, habt ihr bereits von mir gehört."

„Schadoh hat uns erzählt, dass dies deine Höhle ist", sagte Aurora und konnte sich ein Schmunzeln nicht verkneifen, als der Fuchs sichtlich geschmeichelt den rotbraunen Kopf zur Seite legte, so als erwarte er weitere Komplimente.

„Und?", fragte das Tier.

Josua verdrehte die Augen. „Und was?"

„Mehr hat euch diese Streunerin nicht erzählt?" Der Rote Jäger schien beleidigt. „Pah! Das hat man davon, wenn man eitlen Mäusefressern sein Vertrauen schenkt."

„Essen Füchse denn keine Mäuse?"

„Was kümmert es dich, Menschling? Von mir bekommst du jedenfalls keine ab", grummelte der Rote Jäger und leckte sich mit der Zunge eine Pfote. „Um es einmal klipp und klar zu sagen: dies ist nicht nur *meine* Höhle, sondern auch *mein* Wald. Aber fühlt euch ruhig wie zuhause. Wir bekommen hier nicht oft Besuch. Meine Höhle soll auch eure sein."

„Äh, danke", sagte Aurora, weil sie nicht wusste, was sie sonst sagen sollte.

„Solange ihr euch nicht zu breit macht, versteht sich."

Josua setzte sich auf einen umgefallenen Baumstamm wenige Meter entfernt und stützte das Kinn in beide Hände. Er hatte offenbar genug von sprechenden Tieren.

„Du bist also der Herr dieses Waldes?!"

Der Fuchs bedachte das Mädchen mit einem breiten Zähnefletschen, was sie als eine Art erfreuter Danksagung dieser Bemerkung interpretierte. Dann schüttelte er sich und wehrte mit übertriebener Bescheidenheit ab: „Nicht der Herr, nein. Kein Geschöpf sollte Herr oder Herrin eines anderen Geschöpfes sein. Aber ich mag es so ausdrücken, dass die Tiere des Waldes gerne bei mir um Rat fragen. Ja, ich würde sogar behaupten, sie nehmen zum Teil lange Wege und große Entbehrungen auf sich, um die Meinung des Roten Jägers zu erbitten. Auch Nocturnus, der ewige Grummelschnabel, oder Schadoh, diese affektierte Samtpfote, können auf meine Dienste nicht verzichten."

Auroras Miene verfinsterte sich, als sie an Schadoh dachte. „Sag, Roter Jäger, ein Mann aus dem Dorf hat uns hierher verfolgt und eine Katze getötet. Sie liegt am unten Bach. Ich weiß nicht, ob..."

„Ja, das ist mir schon bekannt", unterbrach sie der Fuchs traurig. „Ihr Todesschrei war für die geübten Ohren des Roten Jägers nicht zu überhören. Aber falls du befürchtest, es könne sich um Schadoh handeln, so kann ich dich in dieser Hinsicht beruhigen. Ich selbst habe Schadoh zurück ins Dorf geschickt und kann ihren Ruf von allen anderen unterscheiden. Die tote Katze war euch unbekannt, mir hingegen nicht. Aber so ist der Weg des Waldes. Niemand ist zu ewigem Leben geboren, meine menschlichen Freunde." Der Fuchs wanderte im Kreis und seine Ohren richteten sich spitz auf, so als lausche er den geheimsten Geräuschen des Waldes.

Für Aurora jedoch blieb das Winterland totenstill.

Josua kratzte sich das Kinn. „Sag mal, Fuchs, können eigentlich alle Tiere hier sprechen?"

Der Rote Jäger kniff die Augen zusammen und fauchte missmutig eine Atemwolke in die Luft. „Was glaubst du denn, Mensch? Dass die Tiere des Waldes sich gegenseitig Briefe schreiben oder Rauchsignale senden, weil sie nicht wissen, wie sie ihre Mäuler benutzen sollen?"

Josua hob abwehrend die Hände.

„Aber wenn du auf die Sprache der Menschen anspielst..." Der Rote Jäger machte eine kurze Pause, und als er fortfuhr, schwang ein trauriger Unterton in seiner Stimme mit: „Wir, das heißt Schadoh, Nocturnus und ich, sind die letzten, die noch in Verbindung zu den Überlieferungen und der alten Prophezeiung stehen."

„Das tut mir leid", sagte Aurora, und meinte es ehrlich.

Der Rote Jäger wandte den Kopf. Seine Augen schimmerten wie schwarze Perlen. „Und weshalb sollte es das? So ist der Lauf der Dinge. Ohne Veränderung gebe es nur den Tod. Ohne den Wandel nur die Starre. Die Sprache der Menschen mag ein Geschenk sein, ebenso unser Talent, die Rufe aller anderen Tiere im Wald zu vernehmen und zu verstehen. Doch glaube mir, Menschling, auch ohne den Roten Jäger, die Wanderin der Nacht oder den Boten der Lüfte, würden die Tiere des Waldes weiterleben. Sicherlich wäre ihr Leben anders, aber niemand kann sagen, ob schlechter oder besser oder eben schlichtweg anders. Also sage nicht, es tue dir leid, denn dazu fehlt dir jeder Grund."

„Von was für Überlieferungen und von welcher Prophezeiung hast du gesprochen?", ergriff Josua das Wort, dessen Aufmerksamkeit nun doch geweckt war.

„Aus den Zeiten, als der Verbotene Hang noch ein Ort für Mensch und Tier war, wird überliefert, dass der Winter einst vergehen wird, doch erst, wenn die Kraft des Einen zurückkehrt. Bis zu jenem Tag wird der Winter ungebrochen bleiben, und die Tage des Eises jeden Baum und jeden Stein wie auch die Herzen mit kaltem Frost überziehen."

„Wer ist dieser Eine?", wunderte sich Aurora. „Ist es Thyran Bàr?"

„Nein", sagte der Rote Jäger. „Thyran Bàr ist der Wächter des Winters. Mehr nicht." Der Fuchs legte den Kopf zurück und lauschte hinein in die Tiefen des Waldes. Ein leiser Wind strich über Eis und Blatt, über Schnee und Rinde.

„Wer auch immer der Eine früher gewesen sein mag, ihm zu Ehren erhebt sich noch immer eine Statue in den Ruinen am Verbotenen Hang, gleich neben der Thyran Bàrs, des ewigen Wächters. Aber der Eine ist und wird es immer bleiben, unsere letzte Hoffnung auf das Ende des Winters. Er war es, der uns Weisheit und Sprache lehrte. Sein Name lautete Zephryn Kòr."

NEUNUNDZWANZIG

Die Grenze des Waldes tat sich derart unvermittelt vor ihnen auf, dass Aurora kurz zögerte, ihren Fuß auf das freie Feld zu setzen, das sich zwischen ihnen und dem Fluss öffnete.

Sie waren den ganzen Tag gewandert, und nun, als die Abenddämmerung über das Land herein brach, waren sie endlich am Ziel. Nocturnus hatte sie begleitet.

Während Aurora unschlüssig am Waldesrand verharrte, sah sie den Raben sich in die Lüfte schwingen und ohne ein Wort des Abschieds über den Wipfeln der Bäume entschwinden.

„Es wird schnell dunkel. Vielleicht sollten wir uns morgen über den Fluss trauen. Ich habe keine Lust, das Reich der Keruben zu betreten und dabei die Hand vor Augen nicht sehen zu können", murmelte Josua verdrießlich.

Er trug den Großteil ihres Gepäcks, alles, was sie zum Schlafen und Essen benötigten. Aurora aber konnte ihren Blick nicht vom Fluss abwenden. Sie wusste, Josua hatte Recht. Doch zugleich schlug die letzte Grenze zwischen dem Wald und dem Reich der Keruben das Mädchen in ihren Bann. Das Flussbett schlängelte sich in gleichmäßigem Abstand am Waldrand entlang. Das freie Feld dazwischen war eine ebene Fläche, auf der ein unberührter, weißer Teppich aus Schnee lag. Der Fluss war, soweit sie es von hier erkennen konnte, nicht zugefroren, aber kein Plätschern oder Rauschen drang an ihre Ohren. Er war ganz still.

Gleich hinter dem leicht abfallenden Flussufer stiegen Nebel über der Wasseroberfläche auf, die bis in den Himmel stiegen, soweit das Auge reichte. Josua hatte ihr bereits davon erzählt, doch nun sah sie es mit eigenen Augen, und etwas tief in ihr kämpfte gegen diesen unheimlichen Anblick an, wollte nicht wahrhaben, was sich dort abspielte.

Die Nebelwand über dem Wasser war für das Auge nicht zu durchdringen, ihre Schleier schraubten sich endlos in die Höhe, und inmitten des unnatürlich bläulich schimmernden Dunstes glaubte Aurora zuweilen, gespenstische Schatten zu erkennen.

Josua legte ihr eine Hand auf die Schulter und zog sie zurück in den Schutz des Dickichts. Sie verstand jetzt, warum er es nicht gewagt hatte, alleine den Fluss zu überqueren. Zum einen war es unmöglich abzuschätzen, wie breit oder tief das Flussbett war. Zum anderen glaubte Aurora, an dieser letzten Grenze zwischen ihnen und den gefürchteten Keruben, zum ersten Mal wahrhaftige Boten des Unheils erblickt zu haben.

Geister in den Nebeln.

Stumm, kalt, vergessen...

Sie entfachten ein Feuer in einer kleinen Mulde und schlugen dort ihr Nachtlager auf. Aurora spürte Josuas Furcht ebenso wie ihre eigene. Aber diese Gemeinsamkeit war es zugleich, die ihr eine ungekannte Geborgenheit spendete.

DREISSIG

Die Nacht war über den Wald gekommen. Die Rufe zweier Eulen begleiteten das Knistern des Feuers.

Josua und Aurora saßen in ihre Decken gehüllt dicht beieinander und wärmten sich an den Flammen. Am nächsten Morgen würden sie sich zum Fluss vorwagen, doch in diesem Moment wollte keiner der beiden einen Gedanken daran verschwenden.

Nocturnus war nicht wieder aufgetaucht. Sie wussten nicht, ob der Rabe zurückkommen würde, oder ob er seine Aufgabe als erledigt ansah. Aurora stellte fest, dass sie sich an die Gegenwart der sprechenden Tiere gewöhnt hatte und sie plötzlich vermisste. Schadoh, Nocturnus und selbst den kleinen Fuchs, der sich Roter Jäger nannte. Sie rückte noch ein wenig näher an den Flammenkreis heran.

„Verbrenn dich nicht", warnte Josua und legte ihr sanft eine Hand auf den Rücken.

„Ich kann sehr gut auf mich selbst aufpassen", sagte Aurora, ohne sich umzudrehen. Im nächsten Augenblick bereute sie ihren etwas zu harschen Tonfall. Es musste an der Anspannung liegen. Die Gewissheit, dass sogar jemand wie dieser furchtbare Lorki ein großes Geheimnis hinter allem vermutete und so schnell wie möglich von hier fort wollte, hatte sie in ihrem Entschluss bestärkt, das Dorf, den Wald und letztendlich auch den Fluss endgültig hinter sich zu lassen. Was auch immer dort draußen in der Welt vor sich ging, sie musste es herausfinden, wenn sie nicht den Verstand verlieren wollte.

Aurora merkte, dass Josuas Hand wieder verschwunden war. Sie wandte der Kopf und sah, dass der Junge zum schwarzen Nachthimmel emporblickte.

„Ist dir schon aufgefallen, dass man keine Sterne sehen kann?"

Sie erkannte, dass es wahr war. Zwar ging vom Firmament ein silberner Schimmer aus, doch war es, als hielte ein Schleier die Sterne dahinter verborgen.

„Seltsam, nicht wahr...?"

„Josua, was meinst du, was finden wir dort hinter den Nebeln jenseits des Flusses?"

Er seufzte und senkte den Blick. „Ich weiß es nicht. An der Existenz dieser geflügelten Monster scheint es ja keinen Zweifel zu geben. Aber ich frage mich, ob es wirklich nur die Zauberkräfte der Mönche sind, die die Keruben davon abhalten, über Thyran Bàr herzufallen."

Darauf wusste Aurora keine Antwort. Eine Weile saßen sie schweigend beisammen. Die Rufe der Eulen hallten durch den Wald, und irgendwo in der Finsternis knackten Zweige unter dem Gewicht eines größeren Tieres.

„Der Fuchs erzählte von diesen zwei Männern, erinnerst du dich?"

Josua nickte. „Thyran Bàr und Ze..., Zeppy..."

„Zephryn Kòr."

„Genau. Thyran Bàr und Zephryn Kòr. Was ist mit ihnen?"

„Es mag sich verrückt anhören, aber ich glaube, ich kenne die beiden", sagte Aurora, und erkannte, dass es tatsächlich so war.

Josua Stirn legte sich in Falten. „Du kennst sie?"

„Seit ich im Dorf angekommen bin, habe ich eigenartige Träume." Ihre Lippen bebten vor Kälte und Aufregung.

Der Junge griff nach ihren Händen.

Ein seltsames Stechen fuhr ihr ins Herz. Aber es war nicht unangenehm.

Sie holte tief Luft und schaute ins Feuer. „Es ist seltsam. Es fühlt sich an, als wäre ich in meinen Träumen im Körper eines anderen gefangen. Aber es scheint mir so... na ja, jedenfalls nicht wie in einem gewöhnlichen Traum, eher wie eine Verbindung zum Geist eines Fremden."

Josua lauschte aufmerksam einer jeden Silbe, die aus Auroras Mund kam. Obwohl er sich zwang, genau zuzuhören, überfiel ihn der Wunsch, ihre zitternden Lippen zu küssen, das Mädchen in seine Arme zu schließen und zu halten, so lange, bis der Winter und der eisige Schnee sie zu zwei untrennbar miteinander verbundenen Statuen machen würde.

„...und da hörte ich den Namen Zephryn Kòr. Es war ein älterer Mann in einer purpurnen Robe. Er saß auf einem Thron, wie ein König oder ein Anführer. Er kam aus der Dunkelheit eines langen Tunnels. Und ich sah alles aus der Sicht eines anderen Mannes, der zerfressen war von Zorn, Furcht, Gier und Neid. Und dann träumte ich erneut. Und der Mann rief zwei Männer, die kommen sollten, um ihm zu Diensten zu sein. Sie hießen K'Mori und Wolf. Es waren die Mönche aus dem Dorf, die nach mir suchten." Sie seufzte. „Ich verstehe das alles nicht."

„So wenig wie ich", sagte Josua. „Aber angenommen die Mönche bringen wirklich Flüchtlinge hierher, vielleicht ist ihnen bei dir ein Fehler unterlaufen. Möglicherweise solltest du gar nicht hier sein, und nun kommen sie, um dich wieder zu ihrem König oder Anführer zurück zu bringen."

„Nein!", widersprach Aurora entschlossen. „Diese beiden Mönche im Dorf wurden nicht geschickt, um mich zu retten oder zu holen."

„Nein? Weshalb dann?"

Zwei der treuesten Diener. Zwei der zuverlässigsten Mörder.

K'Mori.

Wolf.

Zwei gefüllte Giftschäfte...

„Ich bin mir sicher, sie wurden geschickt, um..., um mich zu töten. Und dich auch, Josua. Denn ich hörte deinen Namen in meinen Träumen. Wir beide sollen nicht hier sein. Und jetzt müssen wir dafür sterben, dass wir es sind. Deshalb bleibt uns keine Wahl. Wir müssen morgen den Fluss überqueren."

Josua sagte nichts mehr in dieser Nacht.

Aneinandergeschmiegt schliefen sie ein, während das Feuer einsam seine Funken hinaus in die Schwärze des Waldes sprühte und ihre Körper in den Schein aus Glut und Schatten tauchte.

EINUNDDREISSIG

Es war der Ruf des Raben, der sie aus dem Schlaf riss, als das Grauen des Morgens sich über Wald und Winter schob. Die Finsternis der Nacht wich zwischen hohen Baumstämmen und hinter verschneitem Buschwerk zurück.

Es war der Ruf des Raben, der Aurora aus ihrem ersten Schlaf ohne Traum riss und zurück in die weiße Welt des Lagers brachte.

Es war der Ruf des Raben, der ihnen verkündete, dass sie nicht länger allein im Wald unterwegs waren. Die Mönche hatten ihre Spur aufgenommen.

Dann verebbte der Ruf, und ihr letzter Gefährte aus dem Land der sprechenden Tiere verschwand, bis der Hall seiner Worte nicht mehr war, als das unbestimmte Echo eines Traumes, den man längst vergessen hatte.

ZWEIUNDDREISSIG

Die beiden traten auf die weite Lichtung.

Entlang des Flussufers wuchsen weder Bäume noch Sträucher. Nur vereinzelt lugten Grashalme aus der unberührten Schneedecke hervor, die sich bis zum Horizont erstreckte.

Über dem Fluss waberten undurchdringlich die Schwaden bläulichen Nebels, in denen zuweilen die Fratzen stummer Verlorener aufzusteigen schienen, bis sie von weiteren Schleiern entzweigerissen wurden und sich im feuchten Nichts auflösten.

Aurora und Josua hielten sich fest an der Hand, als sie auf das Ufer zuschritten.

Mit jedem Schritt erwarteten sie etwas Furchtbares...

...etwas Übermächtiges...

...etwas Unvorstellbares...

...aber nichts geschah.

Als sie das Ufer erreichten, fürchtete Aurora bei jedem Atemzug, die Gesichter aus den Nebeln könnten sie bemerken. Sie stellte sich verweste Hände vor, die aus dem gespenstischen Dunst nach ihr griffen.

Auch von hier konnten weder sie noch Josua das andere Ufer erkennen. Der Fluss verlor sich in einer Wand aus klammer Verschwommenheit, die alle Sinne täuschte und in Verwirrung stürzte.

Sie spürte die Zweifel durch die Finger seiner Hand. Sie fühlte sein wachsendes Unbehagen und hoffte, es würde nicht in nackte Panik umschlagen, sobald sie in die Nebel eingetaucht waren und der

Rückweg sich im nebligen Morgen der letzten Grenze verlor.

Totenstille hatte sich über das ohnehin ruhige Winterland gelegt.

Die beiden sahen sich an.

Josuas Augen fingen ihren Blick ein und ließen den Moment des gemeinsamen Zögerns zu einem stillen Pakt verschmelzen. Sie würden sich nicht loslassen. Entweder würden sie Seite an Seite das Reich der Keruben erreichen, oder aber... Weiter dachte niemand.

Dann betraten sie den Fluss.

Der Boden fiel nur sehr langsam ab. Zu ihrer Überraschung war das Wasser auf eine eigenartige Weise warm. Sie wandelten durch ein stilles Flussbett ohne Strömungen oder Unebenheiten. Das Wasser reichte ihnen bis zur Hüfte, und außer den leichten Planschgeräuschen, die ihre Beine verursachten, war kein Laut zu hören. Anstatt zu frieren, begann eine wohlige Wärme von ihren Körpern Besitz zu ergreifen. Doch weder Aurora noch Josua mochten die unerwartete Wärme des Flusses so recht genießen, denn der Nebel hatte sich wie ein Kokon aus feuchter Luft um sie geschlossen, und sie konnten kaum das Gesicht des anderen an ihrer Seite erkennen, so dicht waren die Schleier.

Am Schlimmsten waren die Gesichter.

Zuerst hatte das Mädchen alles für eine Sinnestäuschung gehalten, für eine dämonische Manifestation ihrer Furcht und ihrer Zweifel, doch es war mehr als das...

...viel mehr...

Die von Nebelschwaden zerrissenen Antlitze streiften die Haut auf ihren Wangen und hinterließen dort feine Perlen aus kaltem Wasser, die wie Tränen ihr Gesicht hinab rannen. Zuerst wandte Aurora den Blick von den unheimlichen Erscheinungen ab, als befürchte sie, ein Blickkontakt könne sie auf der Stelle in ein körperloses Wesen aus bläulichem Dunst verzaubern. Da sie aber noch mehr Angst davor hatte, ihre Augen zu schließen oder nicht zu sehen, wohin sie ging, fiel ihre Aufmerksamkeit immer öfter auf die menschlichen Schemen in den Nebeln. Ab und an glaubte sie gar, etwas Vertrautes darin zu erkennen. Einen Blick, eine Regung, eine Nase, oder das Zucken entrückter Mundwinkel und Augenbrauen, geformt aus Wassertau und Luft.

Zudem nahm sie wahr, wie Josua von Zeit zu Zeit an ihrer Hand zog, so als wolle er sich von ihr losreißen. Jedes Mal musste das Mädchen aufs Neue ihren Griff verstärken, bis sich ihre Finger verkrampften und höllisch zu schmerzen begannen, nur um sicher zu gehen, dass Josua nicht von ihrer Seite glitt und seine undeutliche Gestalt in den Nebeln des Flusses für immer verschwand.

Irgendwann bewegten sich ihre Beine wie von selbst. Sie wusste nicht, wie viel Zeit vergangen sein mochte, nachdem sie den Fluss betreten hatten. Ihr kam in den Sinn, sie könnten im Kreis gehen, aber es gab keine Orientierungsmöglichkeit, die ihre Befürchtung bestätigen oder widerlegen konnte.

Plötzlich glitt ein bläulich schimmerndes Gesicht an ihr vorbei. Es war das Antlitz einer alten Frau. Sie hatte Augen und Mund weit geöffnet, aber ihr Blick war leer, so als würde sie schlafen und doch nicht. Fassungslos starrte Aurora der Erscheinung hinterher.

Das Mädchen streckte die freie Hand aus, aber dieses Mal war es Josua, der seinen Händedruck verstärkte und Aurora näher an sich heran zog. Das Gesicht der Alten drehte sich noch ein letztes Mal lautlos zu ihr um, dann wurden die faltigen Züge wie von einem Windhauch in unzählige Nebelfetzen zerrissen und zerfaserten im blauen Nichts.

„Gwen", hauchte sie, und dieser erste Laut seit langem ließ ihr Herz in die Höhe schlagen. „Es war das Gesicht der alten Gwen. Aus Thyran Bàr."

DREIUNDDREISSIG

Aurora erwachte...
Obwohl sie doch weiterhin schlief...
Und sie fühlte...
Die Wahrheiten des Traumes...
Ihren Geist durchfluten...
Und Nebel lösten sich...
Und formten sich...
Und sprachen zu ihr...
Und zeigten ihr...
Dass Leben in einem Traum möglich ist...
Doch auch Träume haben Anfang und Ende...
Vor und nach dem Schlaf...
Und auch Träume haben Gitter...
Sie trennen die Wachenden von den Schlafenden...
Und sie spürte...
Die Kraft in sich...
Den Geistern zu trotzen...
Und ihre eigenen Gitter aufrecht zu halten...
Sich selbst abzugrenzen...
Von den Gefangenen...
Von den Träumenden...
Von den Schlafenden...
Von den Lebenden...
Aber vor allem war es die Nähe...
Ihres Begleiters...
Die sie schützte...
Und die Zuversicht...
Auf einen Weg zurück...
In das Land ihrer Hoffnungen...

Und ihres wirklichen Lebens...
Allein bestehend durch die Gewissheit...
Nicht allein zu sein...
Und...
Dadurch frei zu sein...
Frei...
Zu atmen...
Und...
Zu lieben...
Und...
Zu träumen...
Und...
Zu leben...
Und Aurora erwachte...

VIERUNDDREISSIG

„Wach auf, Aurora. Wir haben es geschafft."

Sie schlug die Augen auf und sah in sein Gesicht. Er hatte sich über sie gebeugt. Seine warme Hand strich ihr behutsam über die Wangen.

„Was... was ist geschehen?"

Sie fühlte, dass die Luft angenehm zu atmen war, auch wenn es nach altem Staub und Stein roch.

Ihre Kleidung war trocken.

Die Nebel verschwunden.

Der Fluss war lag hinter ihnen. Sie hatten es geschafft, auch wenn die bläuliche Wand aus Dunstschleiern nach wie vor über der Wasseroberfläche waberte und den Blick zurück auf das winterliche Waldland am jenseitigen Ufer verhinderte.

Auf dieser Seite des Stromes jedoch war alles anders. Es war warm und trocken. Und es war grau.

Die nahen Lippen ihres Begleiters brachten zwar die Farbe zurück in die Welt, aber ansonsten schien sämtlicher Glanz und alle Mannigfaltigkeit einem einzigen, schmutzigen Grau gewichen zu sein.

Der Winter war fort. Aber an seine Stelle waren weder Frühling, noch Sommer, noch Herbst gerückt, sondern ein bleiernes, aschfahles Grau, das den staubigen Boden zu ihren Füßen bedeckte, sich von hier wie ein verwaschener Tintenklecks bis zum Horizont ausbreitete, und dort den Himmel empor kroch, um über ihre Köpfen hinweg zurück in der bläulichen Nebelwand zu verschwinden.

Steine und Felsen übersäten den Grund dieser kavernenartigen Welt. Eherne Monumente und Gesteinsbrocken in den unterschiedlichsten Größen und Formen. Ansonsten wirkte die Landschaft diesseits des Flusses wie ausgestorben...

...wie tot.

Josua half ihr beim Aufstehen. Das Mädchen merkte, wie schwach sie auf den Beinen war, wie erschöpft und müde.

„Ich habe in einiger Entfernung etwas gesehen", flüsterte er ihr ins Ohr, so als ob er fürchtete, die riesigen Steine könnten vom Widerhall seiner Stimme ins Rollen kommen und sie erschlagen. „Da du noch bewusstlos warst, wollte ich die Lage abschätzen und bin ein wenig umhergestreift. Dort hinten, siehst du, dort schien vorhin etwas zu glitzern, zu funkeln. Vielleicht ein Licht. Eine Lampe. Ein Feuer. Ein Lager. Ich weiß es nicht. Aber dann..." Er brach ab.

„Was dann?", fragte Aurora. Ihre Kraft kehrte langsam zurück. Die Taubheit ihrer Gelenke und die Schwerfälligkeit ihres Geistes ließen allmählich ihr ab.

Er sah sich unsicher um. Sein Wispern war jetzt kaum mehr zu verstehen. „Ich habe das Gefühl, wir werden beobachtet. Schon die ganze Zeit. Aber es ist niemand zu sehen. Und eben, da habe ich etwas gehört. Es klang wie aufeinander gepresste Steine, die sich langsam gegenseitig zermahlen würden."

„Wie lange war ich ohnmächtig?"

„Ich weiß nicht. Als ich aufwachte, lagen wir hier auf dem trockenen Stein. Das ist noch nicht so lange her."

„Was ist mit dem Proviant und der Ausrüstung? Haben wir alles im Fluss verloren?"

„Nein, ich habe die Sachen hinter den hohen Findling dort drüben gelegt."

Erleichtert strich sich Aurora durchs Haar. Dann kniff sie die Augen zusammen und versuchte zu sehen, ob in der Ferne tatsächlich etwas Auffälliges zu erkennen war. Aber für sie blieb alles nur Grau auf Grau. „Es sieht aus, als wären wir in einer gigantischen Höhle."

„Das ist es, was ich nicht verstehe", sagte Josua ernst. „Der Fluss war eben, und er liegt direkt hinter uns. Aber es macht den Eindruck, wir wären unter der Erde gelandet."

„Vielleicht Zauberei?", flüsterte Aurora ehrfurchtsvoll.

Josua runzelte die Stirn. „Aber wer...? Und warum?"

„Frag mich nicht. Aber wenn dir deine Augen keinen Streich gespielt haben, dann sollten wir uns dort hinten mal umschauen."

„Und dieses Geräusch?" Obwohl er keinen Keruben oder sonst ein Monster zu Angesicht bekommen hatte, war das seltsame Schleifgeräusch für Josua offenbar Anlass genug, kurz vor einer Panik zu stehen.

Sie nahm seine Hand. „Zum Umkehren ist es zu spät."

FÜNFUNDDREISSIG

Vorsichtig schlichen sie von einem Felsen zum nächsten. Immer wieder glitten ihre Blicke zum grauen Himmel empor, aber ein Angriff aus dem Hinterhalt blieb vorerst aus.

Sie wussten nicht viel über die sogenannten Keruben. Angeblich besaßen diese Kreaturen Flügel, angeblich waren sie schnell wie der Wind, erbarmungslos und tödlich. Die Dorfbewohner von Thyran Bàr hätten sich nicht den Hauch einer Überlebenschance eingeräumt, wäre der Schutz der Mönche von einem auf den anderen Tag erloschen. Aber Aurora war auch bewusst, dass vermutlich nur wenige Dörfler jemals einem leibhaftigen Keruben begegnet waren. Die furchtbare Angst der Menschen, und auch der Tiere, beruhte vor allem auf Erzählungen und Überlieferungen ihrer Ahnen, wie weit diese Geschichten auch immer zurückreichen mochten. Niemand hatte ihr eine verständliche Antwort auf die Fragen geben können, wann Thyran Bàr erbaut worden war, wann der Krieg mit den Keruben begonnen hatte, und wann die Mönche zum ersten Mal in Erscheinung getreten waren. Entweder wussten sie es nicht besser, oder aber es sollte ein Geheimnis bleiben.

Aurora indes war überzeugt, dass niemand die ganze Wahrheit über Thyran Bàr, den Wald, den Verbotenen Hang, den Fluss und dieses aschfahle Grenzland kannte.

Niemand, außer vielleicht den Mönchen.

Niemand außer Thyran Bàr selbst, dem Gründer des Dorfes, oder dem Mann aus ihrem Traum, Zephryn Kòr.

„Warte", unterbrach Josua ihre Gedanken.

Sie hatten den Fluss weit hinter sich gelassen. Nur undeutlich konnte sie die Nebelwand in der Ferne emporsteigen sehen.

„Was ist?"

„Da vorne", sagte Josua und deutete in Richtung eines gewaltigen Felsens, der sich viele Meter in die Höhe reckte und annährend zehn Meter breit war. „Ich glaube, ich habe eine Bewegung gesehen."

„Ich sehe nichts", sagte Aurora.

„Warte hier. Ich schau mir das aus der Nähe an." Er zog Lorkis Messer aus dem Gürtel und pirschte, ohne auf Aurora zu warten, zu besagtem Felsen hinüber.

„Vorsicht!", rief das Mädchen.

Aber zu spät!

Der Angriff kam so plötzlich, dass der Junge keine Chance hatte, rechtzeitig darauf zu reagieren.

Ein großer Schatten löste sich aus dem Gestein und schwang sich in die Luft. Die weit ausgebreiteten Flügel holten Schwung, und dann stieß der Schatten wie ein Raubvogel auf ihn hinab.

Josua versuchte im letzten Moment, der Attacke auszuweichen, aber seine Reflexe waren kein Vergleich mit der mörderischen Gewandtheit, die ihm sein geflügelter Gegner entgegenbrachte.

Eine Klaue erwischte ihn an der Schulter und riss ihm das Messer aus der Hand. Die Klinge landete irgendwo im Staub.

Ein zweiter Schlag erschütterte seinen Brustkorb und schleuderte ihn viele Meter durch die Luft.

Das Wesen landete mit einem dumpfen Grollen auf dem steinigen Boden und stieß einen markerschütternden Schrei aus. Aurora war vor Entsetzen wie gelähmt. Dies musste einer der gefürchteten Keruben sein!

Also gab es sie tatsächlich!

Die Kreatur überragte ihn um mindestens eine Haupteslänge. Der Körper war menschlich, nackt, und vollkommen glatt. Krallen und Füße der Kreatur waren nadelspitz. Das Antlitz glich einer schauerlichen Fratze mit gebogenen Hörnern und scharfen Eckzähnen, die Augenschlitze glühten in einem unnatürlichen Dunkelblau. Alles an dem Wesen schien aus hartem, grauen Stein zu sein. Aus dem Rücken wuchs ein gewaltiges Flügelpaar, das sich auch jetzt noch hin und her bewegte und den Staub vom Boden aufwirbelte.

Doch am furchtbarsten war der unmenschliche Schrei des Keruben. Er klang wie aufeinander gepresste Steine, die sich langsam gegenseitig zermahlen würden.

„Ein Gargoyle?", keuchte Aurora panisch.

Sie kannte diese Wesen! Sie wusste nicht woher, aber sie kannte sie! Gargoyle waren magische Geschöpfe, aus Steinskulpturen erschaffen, ohne eigenen Willen, doch bedingungslos in ihrer Art und Weise, den Auftrag ihrer Schöpfer und Meister zu erfüllen.

Die Kreatur stieß einen zweiten grässlichen Schrei aus, und wie zur Antwort erschien mit rauschendem Flügelschlagen ein weiteres Ungetüm auf einem Felsen.

Aurora wusste nicht, was sie tun sollte.

Hilfe zu holen war unmöglich.

Sie hatte keine Waffe.

Und Josua lag stöhnend vor Schmerzen im Staub.

Er war verloren...

Aus dem Grau des Himmels schälten sich weitere Schemen. Gewaltige Schwingen zerteilten die Luft. Die tödliche Entschlossenheit der Keruben eilte ihnen wie eine unsichtbare Woge voraus.

Aurora riss sich vom Anblick der heranstürzenden Unholde los. So schnell sie konnte hetzte sie über Staub und Steine auf ihren Freund und Begleiter zu.

Sie hatten sich im Fluss nicht allein gelassen und auch jetzt würde sie es nicht zulassen. Niemals!

Dies war das Ende. Es gab keinen Ausweg. Die Dorfbewohner hatten wahr gesprochen. Aber ihre letzten Atemzüge wollte sie an seiner Seite tun.

Der monströse Gargoyle schob sich wankend auf Josua zu, der noch immer am Boden liegend nach Luft schnappte. Josua rappelte sich auf und taumelte benommen in ihre Richtung.

In diesem Moment stieß sich der zweite Gargoyle vom Felsen ab und schraubte sich heulend in die Lüfte. Auroras Herz raste wie wild. Sie wusste, dass das Wesen nur genügend Schwung holen würde, um wie ein Blitz hinab zu rauschen und sich sein Opfer zu suchen.

„Nein!", schrie sie, halb wahnsinnig vor Entsetzen.

Die beiden hasteten aufeinander zu, so als wäre die Nähe des anderen der einzige noch verbliebene Schutz vor diesen Monstern aus Stein.

Keiner von ihnen ahnte, wie nahe sie der Wahrheit damit kamen...

Sie stolperten sich in die Arme, da fiel der Schatten des Keruben über sie.

Sie stürzten zu Boden...

Staub wirbelte auf, füllte ihre Nasen, ihre Münder, ihre Lungen. Er nahm ihnen die Sicht auf die restlichen Keruben, deren Angriffe gleich in schrecklichster Brutalität über sie hereinbrechen würden.

Sie hielten sich fest umklammert, wie Schiffbrüchige um ein letztes Stück Treibholz auf einem sturmgepeitschten Ozean.

Aber nichts geschah.

Kein Rauschen von Flügeln aus Stein.

Keine die Knochen zerschmetternden Hiebe.

Kein Zupacken der messerscharfen Krallen.

Kein Biss der mächtigen Hauer.

Nichts.

Die Staubwolke legte sich.

Das Hämmern in ihren Ohren verging.

Das Rasen ihrer Herzen beruhigte sich.

Nur das Zittern ihrer Hände blieb.

Doch noch immer geschah nichts.

Sie blickten einander an, die Gesichter von grauem Schmutz bedeckt. Die flackernden Lohen von Panik, erloschen nur langsam in ihren Augen. Sie drückten ihre Körper ein weiteres Mal fest aneinander, spendeten einander ein letztes Mal Kraft, dann hoben sie die Köpfe...

...und erstarrten.

Vier majestätische Steinkolosse hatten einen engen Kreis um sie gebildet und blickten auf sie hinab. Das bläuliche Feuer in ihren Augen erinnerte Aurora an die Farbe der unheimlichen Nebelwand. Die Schwingen der Keruben waren nach wie vor weit ausgebreitet, doch hielten die Wesen sie nun regungslos in der Luft.

„Worauf warten die noch?", raunte Josua.

Aurora war zu keiner Antwort imstande. Sie hatte erkannt, was ihm bislang noch verborgen geblieben war. Der Schock fuhr ihr tiefer in Geist und Körper, als alle anderen Schrecken zuvor.

Die vier Keruben, aus Stein erschaffene Gargoyle, magische Diener von mächtigen Zauberern, einzig zu kaltem Leben erweckt, um zu dienen und zu töten, standen regungslos da.

Als Josua ihren Blicken folgte, da begriff er, dass alle vier Augenpaare aus blauer Glut einzig und allein auf das Mädchen an seiner Seite gerichtet waren. So als warteten sie auf einen letzten Befehl...

II

ZEPHRYN KÒR

SECHSUNDDREISSIG

Aurora bestand darauf, sich Josuas Wunden anzuschauen. Doch jedes Mal, wenn sich die beiden für einen winzigen Moment voneinander lösten, spannten sich die Steinkörper der Keruben knirschend an.

Schnell war klar, dass die beiden ihren Körperkontakt nicht aufgeben durften. Während das Mädchen sorgsam darauf achtete, dass ihre Hände ständig in Verbindung mit Josuas Körper standen, öffnete dieser seinen Mantel und sein Hemd. Seine Rippen brannten beim Atmen wie Feuer.

„Vermutlich nur geprellt", murmelte er, ohne seinen Blick von den vier Steinwesen zu nehmen.

„Mag sein, aber deine Schulter sieht nicht gut aus. Du blutest." Er zerriss sein Hemd und reichte ihr den Stoff.

„Warum rühren sie sich nicht?", flüsterte sie nervös, nachdem sie ihn verbunden hatte. „Und warum starren sie mich die ganze Zeit an?"

„Sie hätten uns ohne Mühe zerfetzen können."

„Wir dürfen uns nicht loslassen."

Josua kam ein Verdacht. „Vielleicht..., nun, es wäre doch möglich..."

„Sag schon!"

„Es kommt mir fast so vor, als würden sie warten."

„Warten? Worauf warten? Auf wen warten?" Obwohl sie aus Angst flüsterte, überschlug sich ihre Stimme fast. Die noch immer ausnahmslos auf ihr ruhenden Blicke der Keruben brachten das Mädchen beinahe um den Verstand.

„Auf einen Befehl vielleicht..., auf einen Befehl von *dir*", sagte Josua. Der Anflug eines verstehenden Lächelns huschte über seine Lippen. „Überleg doch mal. Sie haben bisher nur mich angegriffen. Und kaum waren wir zusammen, brachen sie die Attacke auf der Stelle ab. Sie warten. Sie warten auf dich, Aurora. Ich glaube, sie erkennen dich!"

„Das ist unmöglich! Ich war noch nie zuvor hier", rief sie.

Die plötzliche Lautstärke ihrer Worte ließ beide erschrocken zusammenzucken. Die Keruben jedoch rührten sich nicht. Einzig das Flackern ihrer Augen deutete darauf hin, dass sie weiterhin vom magischen Odem unnatürlichen Lebens erfüllt waren.

Aurora und Josua hielten einander so fest an den Händen, dass es schmerzte.

„Gut, ich glaube dir ja. Versuche es trotzdem."

„Versuchen? Was soll ich versuchen?" Sie blickte hilflos von einer Furcht einflößenden Kreatur zur nächsten.

„Gib ihnen einen Befehl. Sag ihnen, sie sollen verschwinden, uns in Ruhe lassen, irgendetwas."

Er legte seine freie Hand an ihre Wange und drehte ihr schmutziges Gesicht zu sich her. Für einen winzigen Moment verschmolzen ihre Blicke miteinander. Dann zog er seine Hand zurück und schlug die Augen nieder.

Eher, um die peinliche Stille zwischen ihnen zu überbrücken, als dass sie seinen Worten wirklich Glauben schenkte, rief Aurora mit so fester Stimme wie sie konnte: „Ihr Keruben, ihr Gargoyles, ihr Wächter aus Stein! Ich befehle euch, geht und lasst uns in Frieden! Wir wollen nicht gegen euch kämpfen."

Kaum waren ihre Worte verklungen, da stießen alle vier Kreaturen einen fürchterlichen Schrei aus. Ihre mächtigen Schwingen ließen den Staub aufwirbeln. Ihre Körper stiegen in die Luft und rauschten davon, bis ihre fahlen Umrisse vor dem grauen Hintergrund der höhlenartigen Unterwelt verblasst waren.

SIEBENUNDDREISSIG

Sie lösten die Verbindung ihrer Hände nicht.

Vier der Keruben waren dem Befehl Auroras gefolgt und hatten sie in Ruhe gelassen. Doch wie viele dieser Wesen mochten noch hinter uneinsehbaren Felsformationen oder den Findlingen lauern? Was, wenn sich weitere Gargoyle vom Himmel auf sie hinabstürzten, und sie es zu spät bemerkten? Fest stand, dass die Keruben ihren Angriff abgebrochen hatten, nachdem Aurora und Josua sich in die Arme gefallen waren. Infolgedessen war es wahrscheinlich, dass auch andere sie in Frieden lassen würden, solange Josua nicht alleine umherstreifte. Weshalb auch immer Aurora Macht über diese Wesen besaß, sie mussten diese Tatsache so gut es ging ausnutzen, ohne ihr Glück dabei überzustrapazieren.

Hin und wieder trafen sie auf menschliche Überreste. Die Knochen lagen auf dem steinigen Untergrund verstreut, und es war nicht zu sagen, wie alt sie waren. Viele der Knochen waren zerbrochen oder grotesk verbogen. Aurora dämmerte, welch großes Glück Josua gehabt hatte. Ihr Herz fühlte sich schwer an.

Josua...

Ihr erster Gedanke, als sie auf dem Marktplatz in Thyran Bàr zu sich gekommen war.

Aber weshalb?

Woher kannten sie sich?

Und warum war sie auf der Suche nach ihm gewesen?

Aurora blieb ruckartig stehen.

„Au! Was ist denn los?", fragte Josua verwirrt. „Das Ende der Höhle scheint nicht mehr weit zu sein. Dort, wo es so seltsam flackert und... Aber wir müssen noch näher ran, um besser sehen zu können. Aurora? Alles in Ordnung mit dir?"

Ja, natürlich! Sie *war* auf der Suche nach ihm gewesen!

Jetzt fiel es ihr wieder ein.

Sie war ihm *gefolgt*. Allein. Ohne einen Mönch an ihrer Seite. Aber dann hatte die Ohnmacht sie überwältigt, und sie war auf dem verschneiten Marktplatz wieder zu Bewusstsein gekommen.

Auf dem Marktplatz...

Unter der Statue von Thyran Bàr...

Das musste es sein!

„Das ist es!"

„Was ist was? Geht es dir gut?"

„Wir müssen zurück, zurück ins Dorf! Verstehst du denn nicht?"

„Nein, ich versteh gar nichts", sagte Josua.

„Der Marktplatz! Dort legen die Mönche Nahrung und andere Dinge für die Dorfbewohner ab. Dort finden die Menschen die zurückgelassenen Flüchtlinge. Sofern es wirklich Flüchtlinge sind. Dort bin ich erwacht. Dort bist du erwacht. Unter der Statue von Thyran Bàr, dem Gründer des Dorfes. Verstehst du nicht?"

Josua schüttelte verständnislos den Kopf.

„Die Statue! Sie ist bestimmt vier Meter hoch. Groß genug, um hineinzuschlüpfen..."

„...oder hinaus?!"

„Genau! Die Statue ist das Portal für die Mönche, um das Dorf ungesehen zu betreten und zu verlassen. Ich weiß nicht, wieso sie es tun oder wohin sie gehen, aber es kann nicht anders sein. Wenn wir dorthin zurück wollen, woher wir gekommen sind, dann müssen wir zum Marktplatz und diese Statue öffnen. Sie ist der Schlüssel zu allen Rätseln."

In Auroras Gesicht brannte die Zuversicht wie ein Leuchtfeuer. Sie konnte am ganzen Körper spüren, dass sie Recht hatte. Doch Josua schien ihre Euphorie nicht zu teilen. Im Gegenteil, seine Miene hatte sich zusehends verfinstert.

„Was ist denn? Machst du dir Sorgen wegen des Rückweges?"

„Nein, das ist es nicht."

„Was ist es dann?" Aurora konnte ihre Freude kaum im Zaun halten.

„Ich musste nur gerade daran denken, dass *mein* erster Gedanke, als ich auf diesem Marktplatz erwachte ein wenig unerfreulicher war als *deiner*..." Er zuckte mit den Schultern. „Ich werde trotzdem mit dir kommen."

Aurora verstand. Josuas erste Empfindung war der Drang gewesen, zu fliehen. Der einzige Grund dafür musste sein, dass er vor etwas fliehen wollte, was eben dort verborgen lag, wohin sie jetzt zu gehen gedachte.

Nachdenklich ließ Aurora ihren Blick umherstreifen, in der Hoffnung, in der tristen Umgebung einen Ausweg aus dem Dilemma zu finden.

Da erreichte ihr Blick das Ende.

Und es war wirklich das Ende.

Wie vom Donner gerührt, begann sie, zum ersten Mal seit dem Überqueren des Flusses, die rätselhafte Wirklichkeit dieser seltsamen, höhlenartigen Welt zu begreifen. Nicht weit entfernt endete der steinige

Untergrund an einer milchigen Mauer. Von ihr ging das unregelmäßige Flackern aus, das sie zuvor aus der Ferne registriert hatten. Soweit das Auge reichte war die Mauer zu allen Seiten geschlossen. Ihre Wölbung wurde immer stärker, und schließlich begannen Auroras Sinne das Unmögliche zu verstehen.

Der graue Himmel, der sie so an die Decke eines Gewölbes erinnert hatte, war in der Tat nichts anderes, sondern genau das: Ein Gewölbe!

Doch dort, wo sich der Horizont über dem Fluss mit der aufsteigenden Nebelfront traf, verfärbte sich das Firmament allmählich zu einem schwachen Blau. Und wurde zu einem normalen Himmel, der sich bis nach Thyran Bàr erstreckte.

Der aber kein Himmel war.

Deshalb schloss sich der Wald wie ein Ring um das Dorf.

Deshalb schloss sich der Fluss wie ein Ring um den Wald.

Und dahinter befand sich ein letzter Ring aus Fels und Staub.

Wo die Keruben über das Ende der Welt wachten.

Es gab keinen Krieg.

Es hatte niemals einen Krieg gegeben.

Die Keruben waren Gargoyle, geflügelte Diener aus Stein, die dafür sorgten, dass niemand hinter das Geheimnis kam.

Das Geheimnis ihres Kerkers.

Sie alle waren Gefangene.

Gefangene der Mönche!

In einem ungeheuren Gewölbe aus magischer Kunst erschaffen.

Doch zu welchem Zweck?

ACHTUNDDREISSIG

Sie kehrten zurück zum Fluss. Die Aussicht auf eine zweite Wanderung durch die gespenstischen Nebel war nicht sehr verlockend, aber ihnen blieb keine Wahl. Sie nahmen die gleiche Strecke wie auf dem Hinweg. Ihre Stiefel hatten Spuren auf dem Boden hinterlassen, und um keine weiteren Keruben aufzuschrecken, verzichteten sie darauf, die graue Steinwüste weiter auszukundschaften.

Josua hatte das verlorene Messer gesucht und wiedergefunden. Dann hatten sie ihren Proviant und ihre restliche Ausrüstung geholt und waren geradewegs auf das Flussbett zugeeilt.

Sie waren hungrig, durstig, und müde vom langen Marsch, aber *hier* zu rasten und zu essen kam nicht in Frage. Sie sehnten sich nach der Kälte des Winters, dem Wind und dem Frost auf ihren Gesichtern. Sie sehnten sich nach dem Geruch des Waldes, den Geräuschen von Tieren im Buschwerk, dem Ruf der Eulen und ihren eigenen knirschenden Schritten auf Eis und Schnee.

Das Wasser des Flusses war wie zuvor angenehm warm. Josua und Aurora schnürten ihre Mäntel auf den Rücken, um diese vor der Nässe zu schützen, und stakten vorsichtig durch den Nebel aus blauem Dunst.

Erneut umfing sie eine Welt aus Traumgespinsten und bizarren Visionen. Aber dieses Mal wussten sie, was sie erwartete, und sie ließen sich vom Spuk des Flusses nicht verwirren. Sie hielten einander fest und schritten entschlossen voran. Dem anderen Ufer und damit dem schützenden Wald entgegen.

NEUNUNDDREISSIG

Dieses Mal war es Josua, der die Erscheinung zuerst sah.

Anfangs glaubte er, es handle sich um ein weiteres, geisterhaftes Trugbild, um die neblige Fratze eines Dorfbewohners aus Thyran Bàr, doch der sich nähernde Schatten war anders.

Wirklicher.

Und erinnerte ihn entfernt an...

„...ein Boot."

„Was hast du gesagt?"

„Da vorne. Es sieht aus wie ein kleines Ruderboot", flüsterte er.

Im nächsten Augenblick traf etwas Aurora seitlich am Kopf und sie sackte unter Wasser.

Ihre Hand wurde seinen Fingern entrissen.

Da lösten sich die nebelhaften Umrisse des Ruderbootes gänzlich aus dem bläulichen Dunst. Ein hagerer Mann stand an Bord, in eine purpurne Robe gekleidet und mit einem steinernen Zepter. Auf seinen Zügen spiegelten sich Verachtung und Triumph wieder.

Josua griff nach seinem Messer.

Aus den Augenwinkeln nahm er einen Schatten wahr, der durch die Nebel auf ihn zuraste. Im allerletzten Moment warf er sich zur Seite und tauchte unter die Wasseroberfläche.

Es war dunkel.

Er konnte kaum etwas sehen.

Da stieß er mit dem Fuß gegen einen Körper auf dem niedrigen Grund des Flusses.

Josua packte das Mädchen, zog sie ein paar Schritte auf dem Grund mit sich, dann durchbrachen die beiden die Wasseroberfläche. Prustend schnappten sie nach Luft.

Sie blutete aus einer Wunde über der Stirn, ihre Augen waren halboffen. „Was..., was ist... passiert?"

„Wir müssen zurück zum Ufer!"

Hinter sich im Nebel vernahmen sie den Ruf des Fremden. Seine schrille Stimme klang belustigt. „Ihr könnt mir nicht entkommen! Niemand entkommt dem Wolf, hört ihr? Niemand!"

Josua schleppte sie durch das Wasser, aber als er sich umblickte, sah er das Boot immer näher kommen.

Ihr hagerer Verfolger schwang frohlockend das Zepter und stieß einen hohen Pfiff aus. Im nächsten Augenblick fuhren dem Jungen zwei Krallenfüße über das Gesicht. Vor Schmerz aufschreiend stolperte er und fiel erneut ins Wasser, Aurora mit sich reißend. Die aufgescheuchte Oberfläche schlug über ihnen zusammen. Mit letzten Kräften zog er sich und das Mädchen unter Wasser weiter zum Ufer, dann drohte sein Brustkorb zu zerbersten.

Sie kamen an die Luft und überwanden keuchend die letzten Meter bis zum rettenden Ufer.

Wie zwei nasse Säcke fielen sie auf den staubigen Boden der grauen Höhlenwelt.

Josua lag auf dem Rücken und schnappte gierig nach Luft. Neben ihm tat Aurora das gleiche.

Nicht weit entfernt hörten sie, wie sich knarrendes Holz über steinige Erde schob.

„Ich sagte doch, ihr könnt dem Wolf nicht entrinnen", lachte der hagere Mönch und stand plötzlich unmittelbar vor ihnen. Ein Schatten sauste heran, flatterte kurz, dann schlossen sich Krallen um den gefütterten Handschuh an der rechten Hand des Fremden.

Ein Falke!

Josua strich sich über die blutende Wunde auf seiner Wange.

Hinter sich hörte er Auroras rasselnden Atem, wie sie noch immer nach Luft schnappte.

„Ahh", seufzte der Mann lustvoll. „Die Spuren hatten mich schon vermuten lassen, dass ich euch beide hier antreffe. Mein Meister wird zufrieden sein."

Der Mönch, der sich Wolf nannte, lachte schrill und ließ das runenverzierte Steinzepter unter der Robe verschwinden. An seiner Statt zog er einen länglichen Dolch hervor, dessen Klinge aus Glas zu sein schien.

Josua erkannte eine längliche Kanüle, die in die Spitze der Klinge eingeführt worden war.

Der Falke stieß einen hohen Schrei aus.

„Sei vorsichtig", keuchte Aurora. „Es ... ist ... Gift."

Wolf kicherte und beugte sich leicht zu ihnen herab. „Ja, Teuerste, so ist es. Leider reicht meine Portion nur für deinen aufmüpfigen Freund. Um dich kümmere ich mich danach."

Der Giftdolch war kaum mehr als eine Handbreit von Josuas Gesicht entfernt.

„Wieso das alles?", stammelte der Junge.

Erneut schrie der Falke und schlug mit den Flügeln.

„Ha! Hast du es wirklich vergessen? Zu töricht von dir, das Portal ohne Zepter zu durchschreiten, du Tölpel!" Wolfs amüsiertes Glucksen verstummte und schlug in ein eiskaltes Lächeln um. „Aber genug davon. Die Zeit ist gekommen. Der Wolf fängt seine Beute!"

Josuas Körper spannte sich.

Der Falke schrie ein letztes Mal, riss sich vom Handschuh des Mönchs los und schwang sich in die Luft.

Wolf wandte den Blick zur Seite, dann sah auch er den grauen Schemen auf sie hinabstürzen. In einer für das Auge kaum wahrnehmbaren Reaktion entledigte sich der Mönch des Falknerhandschuhs und riss das Zepter unter seiner Robe hervor.

„ZURÜCK GARGOYLE!", kreischte Wolf.

Der graue Schatten aus Stein verfehlte sein Ziel um Haaresbreite, schwang sich rauschend wieder in die Höhe und war hinfort.

Wolf meckerndes Lachen hallte durch die graue Ebene.

Dann taumelte der Mönch zwei Schritte zur Seite, stierte fassungslos auf seine linke Hand, die den Giftdolch bis zum Anschlag in seinen eigenen Bauch gerammt hatte und dann in Josuas grimmiges Gesicht.

Die Augen des Mannes brachen, er fiel, das Zepter entglitt seinen zuckenden Fingern.

Josua atmete auf. Sein verzweifelter Tritt hatte das Ziel nicht verfehlt und die Ablenkung des Mönchs durch den Keruben in tödlicher Weise ausgenutzt.

Aber noch war es nicht vorbei.

Josua blickte empor zum Himmel der Kaverne. Nicht weit entfernt fiel ein fleischiges Bündel zu Boden. Vogelfedern segelten lautlos durch die Luft. Der Gargoyle hatte sein erstes Opfer gefunden und stieß mit unaufhaltsamer Präzision erneut auf sie hinab.

Dem Jungen blieb nicht viel Zeit.

Das Zepter lag neben der Leiche des Mannes.

Er musste es bekommen!

Der Schatten wurde rasend schnell größer.

Verdammt!

Das Zepter!

Josua sprang...

...und schlug mit dem Gesicht in den Staub.

Eine Hand hatte seine Ferse gepackt und ihn beim Sprung zu Boden gerissen.

Einen Wimpernschlag später erschütterte ein dumpfes Beben die Erde und ließ die Welt in einer Staubwolke vergehen.

Als sich der Staub legte, waren er und Aurora allein. Die Hand des Mädchens klammerte sich fest um seinen Knöchel. Der Gargoyle war fort, und Wolfs Körper war mit ihm verschwunden. Blutige Knochensplitter lagen überall auf dem steinigen Untergrund verstreut. Und das magische Zepter des Mönchs war in unzählige Scherben zerbrochen.

VIERZIG

Dies ist ihr Traum. Ihr Geist. Ihre Reise.

Dies sind ihre Augen, ihre Ohren, ihre Sinne. Sie ist ohne Körper, ohne Schwere. Sie ist all das, und doch finden die Spiegel auf den Korridoren ihr Ebenbild nicht, hinterlassen ihre Bewegungen keine Geräusche, braucht sie nicht länger zu atmen oder zu blinzeln. Sie gleitet durch Mauern und Türen, immer weiter und weiter, durch stille Flure und einsame Katakomben.

Dies ist ihr Traum.

Und sie fühlt, dass etwas Schreckliches geschehen wird.

Schon bald.

Sie schwebt an einer offenen Tür vorbei. Ihr Blick fängt einen alten Mann auf einem Thron. Er trägt purpurne Roben aus vielen dünnen Schichten übereinander. Sein weißes Haar fällt ihm über die Schultern. Seine Augen sind voller Trauer und Gram. Seine Hände zittern. Das Zepter zwischen den langen Fingern sendet einen goldenen Glanz in die Finsternis hinaus, die sich immer mehr um ihn zu schließen droht.

Dann ist sie an der Tür vorbei...

Und fühlt sich von einem düsteren Sog erfasst. Es zieht sie immer tiefer, über marmorne Wendeltreppen hinab und entlang alter Wandteppiche, in verschachtelte Katakomben.

Sie passiert viele Männer und Frauen, in Roben, Kutten und Tücher gekleidet, mit und ohne Zepter, alt und jung. Der Sog aber verlangt, dass sie weiterzieht.

Sie gleitet durch hell erleuchtete Hallen, durch Bibliotheken im gedämpften Schein alter Öllampen, über Balkone, die vom Feuer brennender Fackeln in tanzende Schatten gehüllt werden.

Immer weiter und weiter...

Dann sieht sie ihn. Ein grauer, geflochtener Bart ziert die harten Züge des Mannes. Das nach hinten gebundene Haar ist schütter geworden. Aber sein Geist ist stark wie in seiner Jugend. Sein ungebeugter Wille hüllt ihn in eine schillernde Aura. Nur die Verblendung durch Gier und unstillbaren Neid lässt ihn unvorsichtig werden. Ungeduldig. Blind für ihre Erscheinung, als sie zu ihm in das verborgene Gemach schwebt.

Der Mann öffnet knarrend die Schublade einer alten Kommode und entnimmt ihr eine feine Nadel. Er stößt die Nadel achtsam durch die Membran der Ampulle in seiner rechten Hand und lässt beide Flüssigkeiten miteinander verschmelzen. Alles wird zu grünem Rauch.

Dann schließt er seine Augen und führt das gläserne Fläschchen zum Kuss an seine spröden Lippen, bevor es in einer Tasche seiner weiten, purpurnen Robe verschwindet.

Als sie von einer unsichtbaren Kraft fortgerissen wird, brennt sich die Erkenntnis aus Traum und Wahrheit in ihren verblassenden Verstand. *Es bleibt nicht mehr viel Zeit!*

EINUNDVIERZIG

Aurora lugte unter ihrer Kapuze hinaus in die Nacht. Das Dorf lag jenseits der kahlen Schneefläche. Die Hütten und Gemäuer wurden hier und da von Lichtern aus halb geschlossenen Fenstern erleuchtet. Sie hockte hinter einem Baum und beobachtete, wie sich die letzten Bewohner in der Dunkelheit der Gassen oder hinter den Türen ihrer Häuser verloren.

Etwas abseits lehnte Josua an einem Baumstamm und prüfte zum wiederholten Mal die Schärfe des Messers, das er Lorki abgenommen hatte. Aurora wusste nicht, ob so eine Waffe gegen die Macht eines Zepters ankommen würde, aber es war alles, was sie hatten. Sie wischte sich die Wassertropfen von den Augenbrauen, bevor diese dort einzufrieren begannen. Ob ihr Freund wirklich mit der Klinge umgehen konnte, und ob er tatsächlich schon mal jemanden getötet hatte?

Und wenn ja, wen?

Etwas raschelte über ihr im Baum. Schnee rieselte herab.

„Nocturnus?"

Seit ihrer Begegnung mit dem Falken wurde sie schnell nervös, wann immer im Wald ein Vogel in ihrer Nähe gelandet war. Die Wunde an der Stirn, dort wo die scharfen Krallen des Falken sie getroffen hatten, schmerzte noch immer.

Ein Krächzen aus dem Baumwipfel bestätigte ihr die Ankunft ihres gefiederten Freundes. Der Rabe war von seinem Rundflug zurück. Er flatterte auf einen der niederen Äste. „Es ist soweit. Die Luft ist rein", hauchte Nocturnus.

„Und die Mönche?"

Der Vogel schüttelte sein Gefieder, neigte den Kopf zur Seite und beäugte das Mädchen aus gelben Augen. „Keine Spur von ihnen. Was nicht heißen muss, dass sie nicht irgendwo auf der Lauer liegen."

„Sehr schlau", sagte eine Stimme. Schadoh trat auf leisen Pfoten aus dem Unterholz hervor und schmiegte sich schnurrend an Auroras Beine.

„Hättest ja selbst nachschauen können", meckerte Nocturnus beleidigt.

„Hört auf, euch zu streiten", zischte Aurora und fuhr sich mit der Hand an die verletzte Stirn. „Aua!"

„Ja, Falken haben eine besondere Begabung für so was", murmelte Nocturnus.

Und Schadoh fügte missmutig hinzu: „Was glaubst du denn, wie sie mir sonst ständig meine Mäuse stehlen könnten?"

„*Deine* Mäuse?", ächzte Nocturnus.

„Ruhig jetzt", fuhr Josua dazwischen und verstaute das Messer hinter seinem Gürtel. „Lasst uns endlich los. Je eher wir die Sache hinter uns bringen, desto besser."

„Josua hat Recht. Uns bleibt nicht mehr viel Zeit", sagte Aurora.

„Zeit wofür?", fragte Schadoh.

„Wenn ich das wüsste..."

Es war die zweite Nacht, nachdem sie das Reich der Keruben verlassen hatten. Nocturnus hatte nahe des Flussufers auf Aurora und Josua gewartet und von dort ihren Rückweg zur Höhle begleitet. Am Abend waren sie mit Einbruch der Dämmerung in der Höhle des Roten Jägers untergekommen. Der Fuchs hatte ihrem Bericht aufmerksam gelauscht und sich dann leise mit Schadoh und Nocturnus beraten.

Die Katze hatte in den Nächten davor das Dorf beobachtet, doch der Mönch K'Mori schien ihre Anwesenheit zu spüren, wann immer sie sich den Hütten genähert hatte. Also war sie zurückgekehrt, bevor die Macht seines Zepters sie in den Bann hatte schlagen können. Der Rote Jäger hatte die Nachrichten über Keruben, den Wolf und das Ende der Welt mit erstaunlicher Gelassenheit hingenommen. Aurora fragte sich, ob er möglicherweise doch schon mehr gewusst oder zumindest geahnt hatte. Aber der kleine Fuchs schwieg sich zu diesem Thema aus. Jedoch bestand er darauf, dass Aurora und Josua bei ihrem nächsten Besuch in Thyran Bàr nicht ohne den Schutz seiner zwei Freunde bleiben durften. Sie waren rasch zu der Übereinstimmung gekommen, dass sie den Marktplatz erst bei Einbruch der Dämmerung aufsuchen würden, um den neugierigen Augen der Dorfbewohner zu entgehen. Niemand zweifelte daran, dass Cryptus und K'Mori Anweisungen erteilt hatten, ihnen sofort Bericht zu erstatten, sollten die beiden Geflohenen irgendwo auftauchen.

„Übrigens habe ich doch etwas gesehen. Auf dem Marktplatz. Aber ich denke, ihr solltet es euch mit eigenen Augen anschauen", krächzte Nocturnus von seinem Ast.

„Sehr geheimnisvoll", spöttelte Schadoh.

Josua warf der Katze einen mahnenden Blick zu, dann machten sie sich auf den Weg zum Dorf.

ZWEIUNDVIERZIG

Der Marktplatz von Thyran Bàr lag inmitten eines düsteren Ringes aus Häusern, der gelegentlich von schmalen Gassen durchtrennt war. Die Fensterläden der Behausungen waren allesamt fest verschlossen, und nur durch Ritzen im Mauerwerk oder schiefe Holzlatten drang schwacher Lichtschein.

Doch der Platz war nicht gänzlich verlassen. Der silberne Schimmer des sternenlosen Himmelsgewölbes verfing sich an den Umrissen der verriegelten Stände sowie an der Statue des großen Thyran Bàr im Zentrum des Platzes.

Sie schlichen weiter und sahen wovon Nocturnus am Waldrand gesprochen hatte. Vor dem steinernen Abbild Thyran Bàrs war eine Holzwand aufstellt worden. Die Wand besaß drei Löcher, deren Größe man von der Vorderseite beliebig verstellen konnte, bis sie einrasteten.

Es war ein Pranger!

Eine Gestalt hing darin gefangen. Hände und Kopf waren durch die Löcher geschoben und hielten den schlaffen Körper aufrecht.

Aurora schlug sich erschrocken die Hände vor den Mund, und Schadoh fauchte zornig.

„Ihr bleibt hier", flüsterte Josua und zog das Messer blank. „Nocturnus. Du gibst Acht, dass uns niemand überrascht, verstanden?"

Der Rabe erhob sich von Josuas Schulter und flatterte davon.

Josua schlüpfte zwischen zwei Ständen hindurch und auf leisen Sohlen auf den Pranger zu. Der Schnee dämpfte seine Schritte. Für kurze Zeit entschwand er Auroras Sichtfeld, dann tauchte er etwas weiter wieder auf, ganz nah an der leblosen Gestalt, die im Pranger gefangen war.

Das Mädchen blickte sich fröstelnd um. Das lange Warten am Waldrand hatte sie bis auf die Knochen ausgekühlt. Schadoh folgte ihrem Blick.

„Es ist niemand hier", hauchte die Katze.

„Ich musste gerade an Gwen und Rufus denken. Die beiden sind alt, und ich weiß, sie haben ein gutes Herz. Wer kann sagen, wie lange sie hier schon von den Mönchen festgehalten werden?"

„Ich fürchte, du darfst von ihnen keine Hilfe erwarten. Je länger die Menschen in Thyran Bàr leben, desto tiefer wuchern die Lehren und Rituale der Mönche in ihre täglichen Leben und schlagen dort feste Wurzeln."

„Ob ich sie je wiedersehen werde?"

„Es ist Lorki...", hörten sie Josuas Flüstern aus der Dunkelheit, noch bevor er an ihre Seite trat. „Lorki. Man hat ihn halbnackt an den Pranger gestellt. Auf der Holzwand steht in schwarzer Schrift das Wort *Verräter* geschrieben. Den Eiszapfen nach zu urteilen hängt er dort schon mindestens zwei Tage."

DREIUNDVIERZIG

Nocturnus zog seine stillen Kreise über dem Dorf. Sein Blick durchdrang die Finsternis, huschte über Dächer und Passagen, doch niemand war unterwegs.

Er sah Schadohs zierlichen Katzenkörper um den Marktplatz streifen, Augen und Ohren aufmerksam in die winterliche Nacht gerichtet.

Und er sah zwei menschliche Umrisse im Dunkeln vor der riesenhaften Statue des Thyran Bàr.

Was würde diese Nacht bringen?

Mit zwei kräftigen Schlägen drehte der Rabe ab und glitt hinab in die schwarzen Gassen.

VIERUNDVIERZIG

Aurora schaute zum Himmel empor und zuckte mit den Schultern. „Ich kann ihn nirgends sehen. Und Schadoh auch nicht. Die beiden werden ihre Augen schon offen halten."

„Verdammt, es muss hier doch irgendwie eine Öffnung oder etwas Ähnliches geben", fluchte Josua und trat kräftig gegen den harten Stein.

Erschöpft ließ er sich an der Statue zu Boden gleiten. Sie hatten vergeblich nach einem versteckten Mechanismus gesucht, hatten jeden Zentimeter des Standbildes mit ihren Händen abgetastet. Aurora war sogar auf die Schultern des Jungen gestiegen, was dazu geführt hatte, dass seine Wunde wieder zu bluten begonnen hatte. Doch selbst in drei Meter Höhe gab es nichts, was auch nur andeutungsweise darauf schließen ließ, der steinerne Thyran Bàr könne der Durchgang in eine andere Welt sein.

„Eventuell haben wir bei den Keruben doch etwas übersehen. Vielleicht gab es dort mehr als nur eine Mauer. Hier ist auf jeden Fall nichts."

„Uns fehlt ein Zepter, das ist doch ganz klar", erwiderte das Mädchen. Sie stand mit in die Hüften gestemmten Händen da und blickte ihn herausfordernd an. „Was ist? Willst du schon aufgeben?"

„Ein Zepter, ja?"

„Genau."

„Und du glaubst, Cryptus gibt es dir freiwillig? Oder dieser K'Mori? Wenn der Kerl nur ansatzweise so kaltblütig und durchgeknallt ist wie dieser Wolf, dann haben wir keine Chance. Schau dir an, was sie mit Lorki gemacht haben. Willst du auch so enden?"

„Natürlich nicht!"

Das Mädchen spürte eine wütende Enttäuschung in sich aufsteigen. Sie waren so dicht vor dem Ziel! Ihr fehlte einfach die Geduld, Josua zur Besinnung zu bringen. Die Zeit lief ihnen davon. Sie wusste nicht, *was* geschehen würde, aber es gab für sie keinen Zweifel, *dass* etwas geschehen würde! Dass sich großes Unheil anbahnte. Ihre Träume ließen keinen anderen Schluss zu. Sie mussten sich beeilen!

„Fein, wenn du dich geschlagen gibst, dann versteck dich für den Rest deines Lebens im Wald oder werde so verblendet wie alle hier. Ich besorge mir jetzt ein Zepter!"

„Ach ja? Und wie willst du das anstellen?", fragte er verärgert. „Du hast keine Chance. Die winken einmal mit ihrem Runenstab, und das war es dann. Wenn sie nicht ohnehin schon wissen, dass wir hier sind."

„Pah!" Sie drehte sich um und verschwand zwischen den Ständen.

„Verflucht, wo willst du denn hin? Sei nicht verrückt!"

Aber Aurora nahm keine Notiz mehr von seinen Worten. Mit zügigen Schritten verließ sie den Marktplatz.

Kurz darauf fand sie, wonach sie gesucht hatte. Sie warf einen flüchtigen Blick auf das halb unter Schnee begrabene Holzbrett, dann verschwand sie in den Schatten der vertrauten kleinen Gasse.

FÜNFUNDVIERZIG

Wie gehofft, war die Tür auch in dieser Nacht nicht abgeschlossen. Das Mädchen schlüpfte hindurch und fand sich Augenblicke später inmitten des chaotisch geordneten Sammelsuriums aus Kunstwerken wieder. Wie bei ihrem ersten Besuch sandten die scheinbar nie versiegenden Fackeln an den Wänden rötliche Rauchschwaden in Richtung der Abzugsöffnungen an der Decke.

Aber Aurora verharrte dieses Mal nicht staunend, sondern schritt ohne Zögern auf die Tür am Ende der Halle zu.

Sie war nur angelehnt.

Dahinter vernahm das Mädchen ein leises Trällern.

Sie nahm ihren ganzen Mut zusammen und öffnete die Tür. Sollte der kleine Pardonion von Cryptus oder K'Mori eingeschüchtert worden sein und sie verraten wollen, so konnte sie nichts dagegen tun. Aber sie hoffte, ihr Menschenverstand würde sie nicht im Stich lassen.

Die Kammer hinter der Kuriositätenhalle entpuppte sich als eine Werkstatt. Pardonion hockte auf einem Schemel, der viel zu groß für ihn war. Seine dürren Beinchen schauten unter dem Flickenmantel hervor und baumelten fröhlich in der Luft. Durch die übergroße Brille auf seiner Stupsnase fokussierte der Sammler gerade einen Gegenstand, der entfernt an einen Schuh erinnerte. Die Wände der Kammer waren mit hohen Regalen zugestellt, und in den Regalen türmten sich Werkzeuge aller Art, Stoffe, Nähkissen, sowie die verschiedensten Kochutensilien. Eine weitere Tür am Ende des Raumes führte vermutlich in Pardonions Privatzimmer. Sie war geschlossen.

Der kleine Mann hob nicht den Kopf, als Aurora neben ihn trat. Mit einem winzigen Hammer pochte er behutsam auf das komische Ding in seinen Händen.

„Was ist das?", fragte Aurora, die nicht wusste, wie sie sonst das Gespräch beginnen sollte.

„Wenn ich das bloß wüsste", kicherte Pardonion voller Wonne. „Ist es nicht herrlich? Es macht mich so glücklich, wenn ich über etwas stolpere, dass mir ein absolutes Rätsel ist."

„Hmm", machte Aurora.

Pardonion legte den Hammer und das unförmige Etwas auf die Werkbank zu seiner Linken. „Auch du bist mir ein Rätsel, Tochter des Eiskristalls", sagte der kleine Mann und ruckelte an seiner Brille, um das Mädchen besser betrachten zu können. „Seit unserer letzten Begegnung haben mich gleich zwei Mönche aufgesucht. Der ehrenwerte Cryptus und ein undurchsichtiger Charakter namens K'Mori. Sie haben mich nach dir befragt, weißt du das? Nein? Dachte ich mir. Und dann kam Lorki zurück. Es heißt, er wäre dir gefolgt. In den Wald. Nach seiner Rückkehr wurde er bestraft, weil er Cryptus zufolge den Keruben die Lage unseres Dorfes verraten wollte. Nun ist er dort draußen... Dabei stirbt niemand in Thyran Bàr. So ist es doch immer. Gewesen." Der Sammler war sichtlich erschüttert. „Und nun tauchst du wieder auf, mitten in der Nacht. Wahrlich, das sind viele Rätsel."

Aurora musterte den kleinen Mann auf seinem Schemel genau, aber sie konnte in seinen Augen keine

Spur von Falschheit erkennen. Sie beschloss, ihrem Vorhaben eine Chance zu geben.

„Du warst niemals am Fluss, oder, Pardonion? Deine Geschichte von dem Keruben, den du am Ufer gesehen haben willst, sie ist erfunden. Es ist nur eine von vielen Geschichten, die sich im Laufe der Jahre selbständig gemacht hat, nicht wahr?"

Pardonion sah geschockt aus.

„Kein Grund zur Panik, ich werde es niemandem verraten."

„Aber woher weißt du das?", stammelte er und blickte verlegen zu Boden.

„Weil ich dort war. Ich habe den Fluss überquert und das Land dahinter gesehen."

Vor Schreck fiel Pardonion die Brille von der Nase. Nachdem er sie von Sägespänen und Spinnenweben befreit hatte setzte er sich das riesige Gestell zurück auf seine gebogene Nasenwurzel. „Ich muss schon sagen, du bist immer für eine Überraschung gut. Aber das ist sicherlich nicht der einzige Grund deines Hierseins heute Nacht. Womit also kann ich dir dienen, Tochter des Eiskristalls?"

„Ich muss wissen, wo das Haus von Cryptus ist."

„Aber das ist doch kein Geheimnis. Der Dorfoberste wohnt keine hundert Meter von hier entfernt."

„Und... ich muss wissen, wie ich unbemerkt in seinen Keller gelange."

Pardonion schluckte.

„Jetzt sag mir nicht, ich hätte mich in dir geirrt, Sohn eines Rätselsuchers."

Als der kleine Mann Auroras wissendes Lächeln sah, musste er ein zweites Mal verlegen schlucken.

SECHSUNDVIERZIG

Es war nicht mehr als eine Vermutung gewesen, doch sie hatte sich bewahrheitet. Aurora hatte sich einfach nicht vorstellen können, dass Cryptus tatsächlich einen Keruben in seinem Keller aufbewahrte, den er zuvor quer durch das Dorf und durch die Eingangstür seines Hauses gezogen haben sollte. Infolgedessen musste es einen geheimen Eingang zum Haus des Dorfobersten geben. Und wer hätte darüber besser Bescheid wissen können, als der neugierige Sammler und Rätselfreund Pardonion, der sämtliche Häuser und Hütten im Laufe seines langen Lebens mindestens einmal betreten hatte, um seine neuesten Errungenschaften an sich zu nehmen?!

Pardonions Miene hatte sie augenblicklich in ihrer Annahme bestätigt und nach weiteren Anspielungen hatte er die Hände über dem Kopf zusammen geschlagen und gestanden, dass er von einem solchen Geheimgang wisse, aber niemandem je davon erzählen dürfe. Die Strafe von Cryptus wäre verhängnisvoll, sollte dieser davon Kenntnis erlangen.

Als Aurora den Sammler darauf hinwies, dass es für solche Sorgen jetzt ohnehin zu spät wäre, schließlich habe er sich ihr gegenüber ja bereits verplaudert, kapitulierte Pardonion vollends und erzählte ihr alles.

Zu guter Letzt nahm er ihr, heftig schwitzend, nahezu ein Dutzend der heiligsten Versprechen und Schwüre ab, sie dürfe niemals irgendjemandem beichten, dass er ihr das Geheimnis anvertraut habe. Aurora ließ die Prozedur willig über sich ergehen, dann dankte sie dem kleinen Sammler und ließ ihn in seinem Flickenmantel mit sich und seiner Arbeit allein in der Werkstatt zurück.

So schnell sie konnte eilte Aurora zum Marktplatz zurück.

Doch Josua war verschwunden.

SIEBENUNDVIERZIG

Die getarnte Falltür zum Eingang in den unterirdischen Stollen war exakt dort, wo Pardonion sie ihr beschrieben hatte: in einer verlassenen Scheune am Dorfausgang.

Aurora entzündete eine Kerze aus dem Bestand des Sammlers und stieg hinab in die Dunkelheit des Tunnels. Der Gang machte keinerlei Biegungen und es gab keine Abzweigungen.

Das Ganze war leichter als gedacht.

Als das Ende des Tunnels in Sicht kam, fühlte Aurora eine leichte Berührung an ihrem rechten Bein und blickte in ein funkelndes Augenpaar, dass sie vom Boden aus anstarrte. Vor Schreck wäre dem Mädchen fast die Kerze aus der Hand gefallen.

„Wie kommst du denn hierher?", raunte sie der Katze zu. „Und wo ist Josua?"

Schadoh maunzte kurz und schmiegte den Kopf an ihren Stiefel. „Fort. Er meinte, ich solle mich lieber um dich kümmern statt um ihn. Und hier bin ich."

„Aber die Falltür? Wie bist du..."

„Du hast sie offen gelassen", antwortete die Katze, und Aurora hätte schwören können, das Tier würde sich über sie lustig machen.

„Nun gut, da vorne ist eine Tür und dahinter der Keller von Cryptus. Wenn meine Informationen stimmen, könnten wir dort auf einen Keruben treffen. Also sieh dich vor. Wir brauchen unbedingt das Mönchszepter des Dorfobersten, sonst kann ich das Portal am Standbild nicht öffnen."

„Und mit dem Zepter wird es gehen?", fragte Schadoh skeptisch.

„Ich hoffe es.".

Das Tier schnaufte verächtlich, dann huschte zur Tür am Ende des Stollens und lauschte. „Es ist niemand dahinter."

Aurora nickte und legte ihre Hand auf den Türknopf. „Zumindest niemand, der atmet."

ACHTUNDVIERZIG

Der Gargoyle lag ausgestreckt auf einem Altar aus Stein.

Die Augen waren geschlossen, und für einen Moment war Aurora der festen Überzeugung, diese entsetzliche Steinfigur könnte niemals zum Leben erwachen. Aber dann fiel ihr ein, wie die vier Keruben um sie und Josua herum zu regungslosen Statuen erstarrt waren, einzig das blaue Flackern ihrer Augen hatte von Leben gezeugt.

Sie musste auf alles gefasst sein.

Schadoh machte einen respektvollen Bogen um den Altar und begann, in aller Ruhe die Umgebung auszukundschaften. Zwei Torbögen führten in weitere Räume des Kellers.

Aurora stellte die Kerze am Fuß des Altars ab. Dann beugte sie sich über den still daliegenden Gargoyle. Das Geschöpf besaß wie seine Ebenbilder jenseits des Flusses einen Körper aus grauem Stein. Die mächtigen Flügel waren zusammengefaltet und unter dem Oberkörper begraben.

Ihr Blick wanderte von den spitz zulaufenden Klauen zum Gesicht. Die Hörner und vorstehenden Reißzähne verliehen dem Gargoyle etwas Tierhaftes und zugleich unnatürlich Böses. Diese Kreaturen wurden erschaffen, um abzuschrecken und zu töten. Weshalb hätte man ihnen auch niedliche Gesichter geben sollen? dachte sie. Doch waren sie wirklich böse oder führten sie nur willenlos die Befehle aus, die boshafte Menschen ihnen erteilten?

Als Auroras zitternde Finger über die Brust des Wesens strichen, ging für einen Moment ein Beben durch den Steinkörper.

Das Mädchen wich erschrocken zurück.

Aber die Augen der Kreatur blieben geschlossen.

Sie sah sich um.

Die Räume hinter den Torbögen lagen in völliger Finsternis. Aber irgendwo musste eine Treppe nach oben in die Wohngemächer des Dorfobersten führen.

Zum Zepter.

Vorausgesetzt, Cryptus war daheim.

Aurora versuchte, sich zu beruhigen. Der Mönch war auch nur ein Mensch. Hoffte sie. Auch er musste irgendwann schlafen. Das war ihre Chance.

Sie näherte sich dem ersten der beiden Durchgänge, als sie eine Bewegung von der Seite wahrnahm.

Der Gargoyle!, fuhr es ihr in den Sinn.

Sie wirbelte herum, aber die mächtige Steinfigur lag unbewegt auf dem Altar, die Klauen über der Brust gefaltet.

Es war Schadoh.

Die Katze erschien im zweiten Torbogen.

Oder besser gesagt, sie schwebte.

Aurora traute ihren Augen nicht, aber im Flackerschein der Kerze sah sie nun ganz deutlich, dass der kleine, schwarze Körper sich knapp einen Meter über dem Boden in den Raum bewegte. Und zwar rückwärts.

„Ein fremder Vertrauter in meinem Keller? Wie ungezogen", erklang aus der Schwärze der Raumes dahinter eine rasselnde Stimme. Aurora erkannte sie auf der Stelle: Cryptus!

Der glatzköpfige Mann trat durch den Torbogen in den Schein der Kerze. Sein Zepter hielt er auf Schadoh gerichtet. Die Katze schwebte vor ihm in der Luft, unfähig sich aus dem Zauberbann zu lösen. Das immer noch gütig wirkende Gesicht des Dorfobersten betrachtete Aurora mit sichtlichem Erstaunen.

„Wer hätte gedacht, dass du deinen Vertrauten mitbringen würdest, mein Kind?"

„Aber Schadoh ist nicht mein Vertrauter. Ich kannte sie gar nicht, bevor..."

„Ich verstehe", unterbrach sie der Mönch. „Dann ist diese Schadoh also eine der letzten Hinterbliebenen. Ich wusste doch, dass es im Wald noch welche geben muss."

Cryptus machte eine Geste mit dem Zepter, und die Katze glitt sanft zu Boden und rührte sich nicht. „Keine Angst, sie schläft nur tief und fest. Ich werde ihr noch einige Fragen stellen müssen. Nachdem ich mich mit dir beschäftigt habe..."

Aurora stellte sich hinter den Altar, obwohl sie bezweifelte, dass der Steinblock ihr irgendeine Form von Schutz vor den magischen Kräften des Zepters bieten konnte.

„Du kannst dich tatsächlich nicht erinnern?" Cryptus lachte kehlig, und die Güte in seinem Gesicht erlosch von einem Moment auf den nächsten. „Zuerst hielt ich deinen Namen für einen lächerlichen Zufall, aber dann kamen Wolf und K'Mori. Welch Ironie, dass ich dich so einfach hätte einsperren können, doch mir nicht sicher war, wer du wirklich bist. Es nicht glauben konnte. Aber jetzt kommst du ja von selbst zu mir. Ich hatte es geahnt. Was glaubst du, warum ich meine Türen nicht verriegelt habe? Obwohl ich zugeben muss, ich hatte nicht erwartet, dass du diesen

Geheimgang kennen würdest. Mein Respekt. Ganz der Vater, was?"

Cryptus stand in der Mitte des Raumes und starrte sie über den reglosen Körper des Gargoyles hinweg an. Es schien, als würde er die Situation für sich im Geiste durchspielen. Dann richtete er sein Zepter auf sie.

„Es tut mir leid, junge Dame. Es tut mir wirklich leid. Unglücklicherweise sehe ich mich gezwungen, den bald eintretenden Veränderungen im Palast meinen Tribut zu zollen. Mein zukünftiger Herr würde es nicht gerne sehen, wenn ich dich laufen ließe. Und hier bleiben kannst du auch nicht. Viel zu gefährlich. Also... musst du leider sterben."

Der Runenstab in Cryptus Hand begann, erst in einem goldenen Licht zu flackern und dann aufzuglühen. Ein Knistern erfüllte die Luft.

Auroras Herz pochte wie wild.

Schadoh lag nach wie vor erstarrt am Boden.

Josua war fort.

Wer konnte ihr jetzt noch helfen?

Ein nervöses Lächeln huschte über das Gesicht des Dorfobersten, als er seinen Arm gänzlich ausstreckte und mit dem pulsierenden Zepter auf Auroras Brustkorb deutete.

„Töte ihn!", flüsterte sie kaum hörbar.

Cryptus Augen verengten sich zu fragenden Schlitzen...

Der Mönch hatte keine Abwehrmöglichkeit, und auch Auroras Verstand konnte dem blitzartig eintretenden Grauen nicht folgen. Sie hörte ein abscheuliches Knacken und Bersten, gefolgt von einem unnatürlichen Würgen. Dann schlug der Körper des Mönchs hart auf den Boden.

Der Gargoyle türmte sich grollend über dem zerbrochenen Leib des alten Mannes auf, die gewaltigen Pranken wieder vor der Brust verschränkt und die Flügel drohend ausgebreitet, so dass seine Masse fast die gesamte Kammer ausfüllte. Der steinerne Leib der Kreatur war von Blutspritzern besudelt. Als sich der gehörnte Kopf langsam und knirschend in Auroras Richtung drehte, brodelte ein blaues Feuer in den gezackten Augenritzen.

„Das..., das reicht", stammelte das Mädchen

Der Gargoyle erstarrte auf der Stelle, und das unheilbringende Funkeln in seinen Augen erstarb.

Aurora stützte sich auf dem Altar ab und holte tief Luft. Schließlich schritt sie um den Steinquader herum und musste zu ihrem Entsetzen feststellen, dass der Gargoyle nicht über dem zerfetzten Leib von Cryptus stand, sondern mittendrin.

Mit Schaudern wandte sie sich ab, als ihr Blick auf das Zepter des toten Mönchs fiel. Ein weiterer Schauer jagte ihr über den Rücken. Der Runenstab war beim Angriff ihres steinernen Retters in mehrere Teile zerbrochen.

NEUNUNDVIERZIG

Josua folgte dem Raben durch die Nacht.

Wenn dieser zweite Mönche K'Mori es noch immer auf Aurora und ihn abgesehen hatte, dann würde er vermutlich dort auf der Lauer liegen, wo Aurora zuletzt gewohnt hatte. Am Haus dieser zwei Alten, Gwen und Rufus. Und da würde sich auch sein magisches Zepter befinden.

Warum musste dieses Mädchen nur so dickköpfig sein? Warum hatte sie nicht gewartet, bis sich seine erste Enttäuschung gelegt hatte? Weshalb war sie einfach so davon gestürmt und hatte ihn allein gelassen? Warum musste plötzlich alles so schnell gehen? Ach, es war mal wieder typisch! Nur weil sie die Tochter von Zephryn Kòr war, glaubte sie, alles müsse nach ihrem Willen gesch...

Er zuckte wie vom Blitz getroffen zusammen!

Die plötzliche Erinnerung war in seinen Kopf eingeschlagen und hatte dort für einen Augenblick die ganze Wahrheit offengelegt.

„Verdammt!" Er packte sich mit den Händen an die Schläfen. „Erinnere dich, du Dummkopf! Erinnere dich endlich!"

Die Tochter von Zephryn Kòr?

Aurora?

Die Tochter des Einen?

Nocturnus Ruf riss ihn aus seinen Gedanken.

Sind wir schon da?, wunderte sich Josua im Stillen und ließ seinen Blick über die Hütten schweifen. Welche von ihnen war die richtige?

„Du suchst etwas, nicht wahr, junger Adept?" Der Mann schwebte aus den Schatten des Daches hernieder in die Gasse. Er trug die Roben eines Mönchs. Sein schwarzes Haar war zu einem Zopf gebunden, der ihm bis zu den Knien reichte, und seine Haut war so fahl wie der Schnee. In der Hand hielt er ein golden pulsierendes Zepter.

„K'Mori, nehme ich an", begrüßte ihn Josua betont entspannt. Seine Finger glitten heimlich zum Gürtel.

Der Mönch landete auf dem verschneiten Weg, und das Pulsieren seines Zepters erstarb. Er verbeugte sich spöttisch.

„Wie schmeichelhaft für mich, dass sich der ungestüme Adept an den unbedeutenden Meister K'Mori erinnert."

Josuas Hand fand den Griff des langen Messers. Aber noch ließ er die Klinge dort, wo sie war. Er musste nur den richtigen Augenblick abwarten.

K'Mori machte keine Anzeichen, dass er die Waffe gesehen hatte. Stattdessen bot der Mönch ihm ein unterwürfiges Lächeln an und verbeugte sich abermals spöttisch.

„Du bist sicherlich gekommen, um die Tochter des alten Erzmagiers zu retten. Wer konnte auch ahnen, dass sie dir in ihrem Liebesrausch folgt? Ach, die Gefühle der Jugend, wie sehr wünscht man sich zu solch unbeschwerten Zeiten zurück."

Josua antwortete mit finsterem Blick.

„Ah, dir ist heute Nacht nicht zum Plaudern zumute, was? Wie schade." K'Mori lachte leise und ließ das Zepter zwischen seinen Fingern wie ein Taschenspieler hin und her wandern. „Du kleiner, verdammter Narr. Wärest du Thyran Bàr nicht in die

Quere gekommen und hättest seine Wächter belauscht, wäre all dies hier niemals nötig gewesen. Hättest du in deinem Übermut nicht einen unserer treuesten Gefolgsmänner im Palast angegriffen und niedergestreckt, wären wir dir nie auf die Schliche gekommen. Und wärest du vor lauter Angst nicht geflohen, hätte ich dich in deinem Bett schlafend sauber und bequem töten können. Aber nein, du warst schon immer ein Junge, der Probleme bereitete."

„Gib mir das Zepter!"

„Das Zepter?" K'Mori betrachtete es eine Weile, wie es sich in seiner Hand um die eigene Achse drehte. „Also schön, schließlich gehört es ja eh dir, nicht wahr?"

Der Mönch warf den Runenstab in einem hohen Bogen in Josuas Richtung.

Josua, von der Aktion völlig überrascht, streckte instinktiv die Hand nach dem Zepter aus.

In diesem Moment zerplatzte der Stab in tausend Splitter. Josua wurde zu Boden geworfen.

„Ach, wie kindisch von mir", lachte K'Mori. „Aber ich konnte einfach nicht widerstehen."

Josua spürte das Brennen von Steinsplittern, die sich in seine Haut gebohrt hatten. Dennoch fand er die Kraft, wieder aufzustehen. Die grenzenlose Wut über diesen überheblichen Hexer verdrängte allen Schmerz und die Furcht um sein Leben.

„Was willst du von mir?", schrie er aus Leibeskräften.

Einige der Fensterläden klappten zu, und irgendwo fiel ein schwerer Riegel ins Schloss.

K'Mori schüttelte sich vor Lachen. Dann teilte er seine purpurne Robe, und offenbarte ein zweites Zepter. „Du musst deines verloren haben, bevor du hierher geflohen bist. Ich fand es neben der Leiche unseres Freundes. Du hast den Armen übel zugerichtet, aber vermutlich war es reine Notwehr. Nur leider wird dir niemand mehr glauben schenken... wenn du tot bist."

Josuas Gedanken überschlugen sich.

Erinnerungsfetzen flackerten vor seinem inneren Auge auf.

Sein Atem wurde immer schneller.

Sein Puls begann zu rasen.

„Vermutlich bist du deswegen dem Zauber des Vergessens an diesem Ort so hilflos erlegen. Ohne dein Zepter hierher zu kommen? Bist sogleich närrisch und dumm geworden, wie alle hier. Wie bedauerlich. Aber nun sieh her, was ich für dich habe."

Wie von Geisterhand erschienen, balancierte K'Mori eine lange, dünne Nadel auf seinem ausgestreckten Zeigefinger.

„Der große Thyran Bàr persönlich hat sie mir für dich mitgegeben. Es ist ein ganz harmloses Giftchen, tut nicht mal besonders weh. Aber dafür wirkt es schnell und zuverlässig und hinterlässt keine Spuren. Nicht die geringsten."

K'Moris fahles Gesicht strahlte vor Entzücken. Er breitete die Arme aus, und die feine Nadel auf seinem Zeigefinger richtete sich wie selbstverständlich auf Josua.

„Für diesen netten Trick benötige ich nicht einmal mein Zepter", flüsterte K'Mori, und das irre Funkeln seiner Augen bohrte sich in Josuas Geist. „Lebewohl, junger Adept."

Die Nadel begann leicht zu schimmern und zu vibrieren.

Josua schluckte.

Er wusste, einem magischen Geschoss konnte er nicht ausweichen.

Es würde sein Ziel niemals verfehlen...

Und sein Messer war zu langsam...

Er brauchte den Stab...

...aber auch Nocturnus, wo immer der Rabe jetzt war, würde dem Mönch das Zepter nicht entreißen können, denn es war bereits wieder unter der Robe verborgen.

Josua schloss die Augen.

Dann sollte es so sein.

Vielleicht hatte Aurora mehr Glück gehabt.

Eine Tür öffnete sich knarrend. Jemand trat hinaus in den Schnee.

„Zurück ins Haus mit dir", hörte er K'Moris Stimme.

Josua blinzelte.

Ein alter Mann war auf den Weg getreten. Er stützte sich auf einen Stock. Hinter ihm stand eine kleine, weißhaarige Frau auf der Türschwelle. Sie zitterte vor Angst am ganzen Leib.

„Lass ihn gehen", sagte der Alte zu K'Mori.

Der Mönch machte den Eindruck, als könne er nicht glauben, was er da gehört hatte.

„Lass ihn gehen. Sofort!", wiederholte der Mann mit erstaunlicher Bestimmtheit.

K'Mori wandte sich dem Alten zu. Sein Lächeln war erloschen. „Zurück ins Haus mit dir, oder du wirst die Strafe der Mönche spüren!"

Der Alte rührte sich kein Stück. „Ich habe alles gehört. Lass den Jungen gehen."

„Rufus! Komm ins Haus, bitte." Die Frau trat einen Schritt vor.

In diesem Augenblick holte Rufus aus, und erst jetzt erkannte Josua, dass etwas in seiner Hand aufblitzte.

K'Mori war ebenso überrascht.

Dem Mönch blieb keine Wahl. Der Griff zum Zepter unter seiner Kutte hätte zu lange gedauert, aber die giftige Nadel verfehlte ihr Ziel nicht. So wie Josua es voraus geahnt hatte.

Bevor Rufus sein geliebtes Schnitzmesser dem Mönch entgegen schleudern konnte traf ihn der Dorn mitten in die Stirn. Der Alte fiel wie ein Stein zu Boden.

„Neiiiin!", kreischte Gwen und sackte schluchzend auf die Knie.

K'Mori riss das Zepter unter der Robe hervor.

Josua zog die Klinge aus dem Gürtel.

Rufus hauchte seiner Gwen drei letzte Worte zu.

Ein Schatten sauste aus der Nacht hinab.

Das Zepter flammte auf in hellem Schein.

Josua warf das Messer.

Der Rabe packte zu.

Das Messer traf.

Ein Lichtblitz erhellte die Nacht von Thyran Bàr.

Und Josua stürzte zu Boden...

III

AURORA

FÜNFZIG

Das Mädchen wusste intuitiv, wie sie das Zepter zu benutzen hatte. Die Kraft ihrer Gedanken steuerte die magische Energie, kanalisierte dank ihrer Begabung den Zauber entlang der uralten Runen und ließ das Zepters in hellem Glanz erleuchten.

Josuas Körper schwebte schlaff vor ihr in der Luft, als sie vor die Statue von Thyran Bàr trat.

Nocturnus hatte sie und Schadoh gefunden und zu Josua geführt. Der furchtbare Anblick der alten Gwen, wie sie weinend den Kopf ihres geliebten Rufus in den Schoß gebettet hielt, brannte tief in Auroras Geist.

Keiner der Dorfbewohner hatte sich hinaus in die Gasse gewagt. Trotz aller Schreie und allen Wehklagens hielten die Menschen ihre Türen und Fensterläden weiterhin fest verschlossen. Aberglaube, jahrelange Manipulation und fehlgeleitete Ängste hatten die Einwohner von Thyran Bàr zu dem werden lassen, was sie jetzt waren. Aurora fehlten die Worte dafür.

Das Mädchen wollte sich zu Gwen setzen, ihr Trost spenden, aber sie konnte nicht. Du hast keine Zeit, drang es immer und immer wieder durch Auroras Gedanken. Keine Zeit mehr...

Also hatte sie die Gasse verlassen, wortlos, trauernd, und so schnell sie konnte, den regungslosen Körper von Josua vor ihr schwebend.

Sie ließ den Jungen sachte vor dem Standbild zu Boden sinken. Dann dankte sie Nocturnus und Schadoh für ihre Hilfe. Den Rest des Weges würde sie allein gehen müssen. Der Rabe landete auf ihrer Schulter und schmiegte sich zum Abschied ein letztes Mal an ihre Wange. Dann schwang sich der Vogel in die eisigen Lüfte und entschwand krächzend in der Nacht.

Auch die Katze war fort.

Aurora spürte heiße Tränen über ihr Gesicht laufen. Sie griff nach der schlaffen Hand ihres Freundes und streckte den Arm aus, der das magische Zepter hielt.

Als die Spitze des Zepters die Statue berührte, öffnete sich ein Strudel aus Schnee und Eis und Sternenfeuer. Die Welt begann sich zu drehen und dann waren Aurora und Josua verschwunden.

Sanft hernieder rieselnde Schneeflocken legten sich augenblicklich über die Abdrücke der beiden und raubten so der Welt jegliche Erinnerung.

EINUNDFÜNFZIG

Der Strudel erfasst sie und wirbelt sie durch Zeit und Raum. Josuas Hand hält sie dabei fest umschlossen.

Sie ist ihm gefolgt. Damals ...

Wie viel Zeit ist seither wirklich vergangen?

Sie wusste, er hatte sein Zepter verloren.

Sie wusste, er könne nie allein zurück.

Sie wusste, es hatte unmöglich Mord sein können.

Sie wusste, sie liebte ihn.

Sie war die Tochter von Zephryn Kòr, dem höchsten aller Zauberer. Sie war, was er war. Sie besaß die Kräfte, die er besaß. Ihr gehorchten diejenigen, die ihm gehorchten. Aber ihr Vater wusste nicht, was sie wusste. Wie sollte sie ihn überzeugen, dass Josua unschuldig war? Dass Josua eher sterben, als ihn verraten würde? Dass sie diesen jungen Adepten liebte, der plötzlich unter Mordverdacht stand?

Man hatte einen *Wächter der Kugeln* tot aufgefunden. Anscheinend hatte es einen Kampf gegeben. Man hatte Josua kurz zuvor am Tatort gesehen, und jetzt war der Junge verschwunden, die Sachlage schien klar.

Thyran Bàr, der Herr der Kugeln, wurde mit den Ermittlungen beauftragt. Aber Aurora misstraute dem alten Magier. Heimlich sprach sie einen mächtigen Zauber der Verbundenheit und dieser wies ihr die richtige Kugel, wies ihr den Weg, den Josua auf seiner Flucht gewählt hatte.

Dann verlor sich alles in den Nebeln des Vergessenheitszaubers, der alle Kugeln Thyran Bàrs beschützte, und von dem sie nichts geahnt hatte.

Ein verhängnisvoller Fehler...

Der Strudel reißt sie weiter mit sich, Josua an ihrer Seite. Aber ihr Blick geht nach vorne.

Ihr bleibt nicht mehr viel Zeit...

Sie spürt die Gedanken des Verräters Thyran Bàr, wie in ihren Träumen zuvor: Das Komplott wird auffliegen, wenn K'Mori und Wolf nicht erfolgreich sind. Es ist an der Zeit zu handeln. Der alte Zephryn Kòr ist voller Gram und Unvernunft. Er vermisst seine Tochter. Er weint um ihr Leben. Sein Schutzpanzer bröckelt.

Das Gift wird ihn brechen.

Die Hoffnung auf gute Nachrichten wird ihn unvorsichtig machen: Ein Schluck genügt, dann ist es vorbei.

Niemand wird es je herausfinden.

Ein neues Zeitalter wird anbrechen.

Die Ära des ewigen Zweiten.

Die Epoche von Thyran Bàr.

Nicht mehr lange... dann ist es endlich soweit...

Endlich...

ZWEIUNDFÜNFZIG

Sie lag auf dem harten Marmor der Kugelhalle im Palast ihres Vaters. Ihr trüber Blick klärte sich rasch, und dann erkannte sie die Regale. Gewaltige Reihen, die sich an der majestätischen Galerie entlang streckten.

Und auf ihnen, in gleichmäßigen Abständen von je einem Meter: die Kugeln!

Sie schimmerten und flackerten in den unterschiedlichsten Farben und Intensitäten. Es gab Herbstkugeln, Frühlingskugeln, Sommerkugeln und Winterkugeln. Natürlich waren es keine richtigen Kugelformen, sondern Halbkugeln, die von außen betrachtet wie wundersames Spielzeug aussahen.

Aber Aurora wusste, sie waren viel mehr als das. Es waren geschlossene Welten, Gefängnisse, Verließe für die Verbrecher des Landes. Zumindest sollte es so sein.

Das Mädchen starrte auf die handtellergroße Halbkugel im Regal, vor der sie erwacht war. Sie sah eine weiße Winterlandschaft und einen Wald, der sich ringförmig um die winzige Miniaturausgabe eines Dorfes schloss.

„Aber dort leben *echte* Menschen...", dachte Aurora voller Gram.

Sie taumelte vor dem Anblick der unzähligen kleinen Welten in der gigantischen Regalwand zurück.

Nie zuvor hatte sie eine der Kugeln betreten.

Sie hätte niemals vermutet, dass es überhaupt möglich gewesen wäre. Ihre Entscheidung, Josua in die Kugel des Winters, hier auf dem Regal vor ihr, zu folgen, war ein Akt der Verzweiflung und der Liebe gewesen.

Es hätte niemals funktionieren dürfen...

Thyran Bàr, der Herr der Kugeln, hatte diese Kugelwelten einst erschaffen, um Gesetzesbrecher dort einzusperren. Er hatte einen heiligen Schwur geleistet, dass die Kugeln nur von wahrhaft schuldigen Seelen, sowie den Wächtern mit ihren magischen Zeptern, betreten werden konnten. In den verzauberten Sphären sollten die Gestrauchelten ihre Vergangenheit hinter sich lassen und sich dem Guten wieder zuwenden. Demut und Ehrlichkeit, Verantwortung und Liebe, all dies sollte in kleinen Gemeinschaften nach und nach aufgebaut werden, bis die Sünder wieder bereit für die Freiheit jenseits der Kugelsphären waren. Die unheilbaren Fälle jedoch wurden in herkömmliche Gefängnisse innerhalb der Kugelwelten gesperrt. Wie am Verbotenen Hang...

Aber offensichtlich hatte Thyran Bàr der Versuchung nicht widerstehen können, seine Macht über die Gefangenen auszunutzen und sich daran zu ergötzen.

Ihr Vater hatte immer vermutet, das Einsperren von Seelen in die magischen Gefängnisse könne einem unkontrollierbaren Missbrauch Tür und Tor öffnen. Seine strengen Auflagen hatten Thyran Bàr mehr als einmal zur Weißglut getrieben.

Aber Thyran Bàr war der Herr der Kugeln. Er allein wusste, wie viele Menschen im Laufe der Jahre dorthin verschleppt worden sind, oder von dort verschwanden und nie wieder in der wirklichen Welt aufgetaucht waren.

Es waren *seine* Diener, die über die Miniaturgefängnisse wachten, und es war einer *seiner*

Diener gewesen, den Josua belauscht und zur Rede gestellt hatte.

Sie begann, alles zu verstehen.

Sie wusste, sie würde zu spät kommen...

DREIUNDFÜNFZIG

Eine Treppe, dann noch eine Treppe, ein Flur, ein Gang, zwei große Hallen, die Sonnenbibliothek, immer weiter durch den Ostflügel, hinein in die Sternwarte und erneut eine Treppe empor.

Aurora rannte so schnell sie konnte.

Ihre Beine drohten ihr den Dienst zu versagen, sie fühlte wie Krämpfe ihre Muskulatur schüttelten, aber sie durfte nicht aufgeben. Der Palast der Zauberer war ein kolossales Labyrinth aus Studierstuben, Laboren und Unterkünften. Mehr als einmal versuchte ein Magier oder eine Zauberin die vorbei hetzende junge Frau aufzuhalten und sie für ihr ungebührliches Benehmen zur Rede zu stellen. Niemand erkannte in dem Mädchen mit dem schmutzigen Gesicht, in ihren verschlissenen Kapuzenmantel gekleidet, die Tochter des Obersten aller Zauberer, die Tochter von Zephryn Kòr.

Man wollte sie aufhalten. Zur Rede stellen. Aber sie riss sich von allen Händen und empörten Rufen los.

Immer weiter und weiter rannte sie.

Noch eine Treppe. Den Korridor mit den Gemälden der Vorzeit entlang...

...bis sie keuchend und aller Kraftreserven beraubt durch das offene Portal stolperte und auf den Fliesen des Thronsaals hart mit dem Kopf aufschlug.

Tränen liefen ihr über die Wangen, und sie spürte eine klebrige Wärme an ihrem Kopf. Sie versuchte aufzustehen, aber es ging nicht. Ihr Körper gehorchte nicht länger.

Im hinteren Teil des Saales sah sie eine verschwommene Gruppe von Männern an einer kristallenen Tafel sitzen.

„Vater...", rief sie, aber es war kaum mehr als ein Husten, das ihrer Kehle entkam.

Einer der Schemen erhob sich und kam auf sie zu.

„Vater... trink... nicht... bitte... es... ist... Gift..."

Der Mann beugte sich zu ihr runter und fasste sie am Kinn. „Du...?"

Dann drehte er sich zu den anderen Männern um.

„Eine Bettlerin aus der Stadt. Wie auch immer sie hier rein gekommen ist, ich werde sie sogleich entfernen lassen."

Diese Stimme...

Ihre Stimme...

Die Stimme aus ihren Träumen...

Der Herr der Kugeln...

Thyran Bàr!

Der Mann erhob sich und winkte einer Wache zu. „Bring diese Vagabundin in mein Labor. Dort werde ich sie später befragen, wie sie hier einbrechen konnte."

„Nein...", würgte Aurora hervor. Blut füllte ihren Mund.

Zwei kräftige Hände packten sie an der Schulter und zogen sie in die Höhe.

„Na, dann komm mal mit", vernahm sie dumpf die Stimme des Wachmannes.

Hände zogen sie in Richtung Ausgang.

Sie war zu schwach, alles drehte sich, es gab nichts, was sie dagegen tun konnte.

„He, was ist...", rief der Wachmann verdutzt.

Durch den Schleier vor ihren Augen sah Aurora einen schwarzen Schatten zwischen ihren Beinen hindurchhuschen und auf die Gruppe der Männer zuflitzen.

Etwas war ihr gefolgt...

Die Katze machte einen Satz...

...und landete auf der kristallenen Tafel.

Das Klirren von zerspringendem Glas drang an Auroras Ohren, dann aufgeregte Schreie und das Jaulen ihres Retters, als die Welt um sie in absoluter Finsternis versank.

VIERUNDFÜNFZIG

Josua und sie hatten das Schlafgemach im obersten Turmzimmer des Frühlingsturmes erhalten.

Wie die beiden auf ihren Krankenlagern dalagen, in Bandagen gewickelt, die zuvor in Heilkräuterextrakten gebadet worden waren, so konnten sie nicht umhin, sich über den Anblick des anderen zu amüsieren. Ihre Wunden würden verheilen, dass war ihnen versichert worden, auch wenn seine Schulter ihm vermutlich für den Rest seines Lebens Probleme bereiten würde und ihre eine lange Narbe über der Schläfe davon getragen hatte. Ihr war klar, dass dies nur geringe Opfer für die Gefahren waren, die sie gemeinsam überstanden hatten.

Sie lebten. Das war das Wichtigste.

Aurora stand auf und ging zum Turmfenster. Sie sah hinaus auf die unter ihr liegende Stadt und dachte an Rufus. Und an Gwen. Was war aus ihnen geworden?

Ihr Vater, der Erzmagier Zephryn Kòr, hatte sich nach Auroras bericht in die Winterkugel begeben und war kurze Zeit später mit verschneitem Mantel wieder daraus hervorgegangen. Welchen Zauber er dort gewirkt hatte und was aus den beiden Alten und den anderen Menschen im Dorf geworden war, niemand sollte es je erfahren. Seine einzige Antwort auf ihre vielen Fragen war gewesen: „Alles ist gut. So wie es sein soll..." Und er hatte gelächelt.

Das Mädchen hatte es dabei belassen.

Thyran Bàr, der Meister der Kugeln, war verhaftet und in eine Zelle gesperrt worden. Der Rat der Zauberer war einberufen worden, um ihm den Prozess zu machen und über das Schicksal all der Gefangenen zu urteilen, die schuldig oder unschuldig in den unzähligen anderen verzauberten Halbkugeln ein überwachtes Leben ohne Vergangenheit lebten.

Zephryn Kòr hatte seiner Tochter versprochen, sich für eine Begnadigung aller zweifelhaften Fälle auszusprechen, sowie diesen Menschen die Wahl zu überlassen, wie und wo sie fortan weiterleben wollten. In welcher der zwei Welten, die sie nun ihre Heimat nannten.

„Und du willst wirklich bei uns bleiben?", hörte sie Josuas Stimme, während sie ihren Gedanken nachhing.

„Wer sonst soll denn auf euch aufpassen?", schnurrte Schadoh zufrieden. „Wäre ich nicht im letzten Moment durch das Portal geschlüpft und Aurora durch den Palast gefolgt, wer, bitte sehr, hätte den Einen vor dem Giftattentat retten und die Wahrheit ans Licht bringen sollen? Außerdem sind Katzen nicht für den Winter geschaffen. Viel zu feucht und viel zu kalt."

Trotz aller Schmerzen musste er aus vollem Herzen lachen. „Und deine Freunde?"

„Das musst du sie schon selber fragen. Aber wie ich Raben und Füchse kenne, so werden sie wohl kaum freiwillig einen Wald gegen eine Stadt eintauschen", murmelte Schadoh schläfrig und rollte sich auf Auroras Kissen zusammen.

Josua strich der Katze über das Fell. Dann verließ er das Bett und trat hinter Aurora ans Turmfenster.

Die verwinkelten Mauern des Palastes rankten sich jenseits des Turmes wie ausufernde Wurzeln eines uralten Baumes fort, und dahinter begann die Stadt mit ihrem verästelten Häuserlabyrinth und dem darüber gespannten Netz aus geschwungenen Dächern und ungezählten Türmen, die sich hoch und weit in den Himmel schraubten. Lichter funkelten in allen erdenklichen Farben und das geschäftige Treiben in den Gassen wurde begleitet vom Wispern magischer Worte...

Dies war die Stadt der Zauberer, die einzige ihrer Art im Reich. Die Stadt der Wunder, wie die Menschen jenseits der Stadtmauern sie nannten. Die Stadt, in der alles möglich war.

Nun wusste Aurora endgültig, dass die Menschen Recht hatten. Alles war möglich...

Sie fror ein wenig. Da legte Josua von hinten seine Arme um sie und das Mädchen lehnte ihren Kopf an seine Brust.

„Zuhause", flüsterte der Junge.

Lange standen die beiden so beieinander und schauten hinaus in ihre Welt, eine Welt der Wunder, der Zauberei, aber auch der flüsternden Schatten, auf die soeben die ersten Schneeflocken eines neuen, aufziehenden Winters fielen.

www.andreasgloge.com